DIANA
VERLAG

Peter S. Beagle

Die Sonate des Einhorns

ROMAN

Aus dem Amerikanischen
von Jörn Ingwersen

Mit den Illustrationen von
Robert Rodriguez

*

Diana Verlag
München Zürich

Titel der Originalausgabe: The Unicorn Sonata
Originalverlag: Turner Publishing Inc., Atlanta

Umschlaggestaltung: Zero Werbeagentur, München,
unter Verwendung einer Illustration von Robert Rodriguez
Satz: Filmsatz Schröter GmbH, München
Druck und Bindung: Franz Spiegel Buch GmbH, Ulm
Printed in Germany

ISBN 3-8284-0001-9

Für Joseph H. Mazo

Du fehlst mir,

Yossele

* * * * * * * * Erstes Kapitel * * * * * * * * *

Es kam ihr so vor, als wollte die Straße kein Ende nehmen. Der späte Frühling war so heiß geworden, daß er ihr fast den Atem nahm, und Joeys Büchertasche schlug an die klebrige Stelle zwischen ihren Schultern, während sie an Tankstellen, Parkplätzen, Schönheitssalons, Einkaufspassagen voller Videotheken, Karateschulen, Ökoläden und Kinopalästen vorübertrottete – die sich nach ein paar Blocks stets wiederholten, gleichförmig wie die kleine Melodie, die Joey unablässig vor sich hin pfiff. Man sah weder Bäume noch Gras. Man sah keinen Horizont.

An einer Ecke zwängte sich ein winziges griechisches Restaurant zwischen ein Immobilienbüro und einen Schuhmarkt. Joey stand einen Moment in der Tür und schaute sich um. Dann wandte sie sich ab und ging einen halben Block weiter bis zu einem mit Gitarren, Trompeten und Geigen vollgestopften Schaufenster. In verblaßten goldenen Lettern stand dort »PAPAS' MUSIKLADEN – VERKAUF UND REPARATUR«. Joey blinzelte ihr Spiegelbild an, schnitt dem eckigen Abbild der Dreizehnjährigen eine Grimasse, strich das Haar glatt, zog fest an der schwarzen Tür und trat ein.

Nach dem grellen Sonnenlicht draußen auf der Straße erschien es ihr in dem kleinen Laden so kühl und dunkel wie unter der Wasseroberfläche, wenn sie im Sommerlager tauchte. Es roch nach frischem Sägemehl, nach altem Filz, nach Metall und Holzpolitur.

Unwillkürlich mußte Joey niesen. Der grauhaarige Mann, der gerade ein neues Blättchen in ein Saxophon einsetzte, sagte, ohne aufzusehen: »Miss Josephine Angelina Rivera. Immer noch allergisch gegen Musik.«

»Ich bin allergisch gegen *Staub*«, sagte Joey laut. Sie zerrte ihren Rucksack herunter und schleuderte ihn auf den Boden. »Wenn Sie in diesem Dreckloch alle paar Jahre mal saugen würden ...«

Der Mann schnaubte heftig. »Oh, wir haben ja heute gute Laune. Etwa schlecht drauf?« In seiner heiseren Stimme schwang etwas mit, weniger ein Akzent ... eher der Nachhall einer anderen Sprache, halb vergessen. »In der Zeitung müßten sie jeden Morgen eine Rivera-Vorhersage bringen, wie fürs Wetter.« John Papas war sechzig oder fünfundsechzig, klein und untersetzt, die dreieckigen, dunklen Augen traurig über hohen Wangenknochen, mit breiter, mächtiger Nase und zottigem, grauschwarzem Schnauzbart. Er legte das Saxophon in den Kasten zurück. »Wissen deine Eltern, daß du hier bist? Los, sei ehrlich.«

Joey nickte. John Papas schnaubte noch einmal. »Natürlich. Ich ruf' mal deine Mutter an und frage, ob sie eigentlich weiß, wieviel Zeit du in diesem Dreckloch verbringst. Sie wird bestimmt nicht begeistert sein. Ich hab' genug Probleme, da fehlt mir gerade noch der Ärger mit deiner Familie. Gib mir eure Telefonnummer, dann ruf' ich sie mal an, hm?«

»Dann rufen Sie aber später an«, murmelte Joey. »Die sind

selten zu Hause.« Sie setzte sich rittlings auf einen Stuhl, legte den Kopf auf die Lehne und schloß die Augen.

John Papas nahm eine verbeulte Klarinette, untersuchte scheinbar eingehend deren Klappen, bevor er weiterredete. »Also. Wie lief er denn nun, der große Wissenschaftstest?«

Joey zuckte die Schultern, ohne den Kopf zu heben. »Furchtbar. Hatte ich mir ja schon gedacht.« John Papas spielte eine Tonleiter, knurrte verstimmt und versuchte den gleichen Lauf in einer tieferen Lage. Joey sagte: »Mir gelingt nichts. Überhaupts nichts. Ich vermassel' einfach alles. Klassenarbeiten, Hausaufgaben, Sport... Ich werde wahrscheinlich noch in *Volleyball* durchfallen. Sogar mein blöder Bruder ist besser in der Schule als ich.« Sie versetzte der Stuhllehne einen Hieb, machte die Augen wieder auf und fügte hinzu: »Tanzt auch besser. Und sieht besser aus.«

»Mir bist du eine große Hilfe«, sagte John Papas. Joey wandte sich ab. »Du denkst dir Musik aus. Möchte wissen, ob dein Sportlehrer und dein hübscher Bruder das auch können.« Als sie nicht antwortete, fragte John Papas: »Jetzt sag doch mal: Sind wir heute zum Unterricht da, um herumzusitzen und zu grübeln oder um einem alten Mann etwas zur Hand zu gehen? Was davon?«

Joeys Gedanken schwebten aus weiter Ferne heran. Sie wandte sich ab, murmelte: »Wahrscheinlich alles.«

»Alles«, wiederholte John Papas. »Okay, sehr schön. *Ich* geh' jetzt rüber in Provotakis' Dreckloch und genehmige mir das, was er diese Woche ›Mittagessen‹ schimpft. Spiel' vielleicht eine Partie Schach mit ihm, falls er nicht zu sehr damit beschäftigt ist, seine Abrechnung zu fälschen. *Du* wischst auf, saugst Staub, wozu du eben Lust hast, versuchst vielleicht noch mal die Toilette zu reparieren.« Dann grinste er sie für einen Moment freundlich an. »Wenn ich wieder da bin, reden wir ein bißchen über die Musik, üben noch ein paar Akkorde, und vielleicht können wir sogar ein paar von deinen Sachen aufschreiben. Das Grübeln verschieben wir auf später. Abgemacht?«

Joey nickte. John Papas steuerte resolut Richtung Tür, warf ihr aber noch über die Schulter zu: »Denk dran, daß die gierigen kleinen Hände in meinen Sachen nichts zu suchen haben. Wenn dieser Mann, wie heißt er doch gleich, sein Saxophon abholen will, sag ihm, daß er warten soll. Ich bin bald wieder zurück und bring' dir guten, griechischen Kaffee mit.«

Als er weg war, sah Joey sich um, als gehöre plötzlich alles ihr. Der Laden bestand aus einem großen Raum, der sich je nach Lust und Laune in zwei kleinere aufteilen ließ. Sie stand auf der Seite, die als Verkaufsraum diente und vollgestopft war mit Instrumentenvitrinen, Notenregalen und Gitarren, die ihre Schatten warfen. Die andere Seite, dunkler und aufgeräumter, diente John Papas als Werkstatt. Hier waren die Wände weiß getüncht und kahl, sah man einmal von zwei gerahmten, griechischen Konzertplakaten ab. Einige wenige Saiten- und jede Menge Holzblasinstrumente lagen, das eine mehr, das andere weniger zerlegt, sorgsam ausgebreitet und mit Schildchen numeriert auf einem langen Tisch. Sein Werkzeug verwahrte John Papas in einer großen Metallkiste.

Joey nieste noch einmal und machte sich dann ans Werk. Die meiste Zeit verbrachte sie im Verkaufsraum, sortierte Notenhefte und Prospekte wieder in die Regale zurück, sammelte unzählige Kaffeetassen ein und leerte zwei Aschenbecher, aus denen sich dünne schwarze Zigarrenstummel über einen Berg von Rechnungen und Belegen auf den Ladentisch ergossen. Mittlerweile summte sie eine ganz andere Melodie als draußen auf der Straße, und beim Putzen entspannte sich ihre

Miene langsam. Mit einer Stimme, die etwas höher und erheblich klarer war, als wenn sie sprach, sang sie wortlos vor sich hin, ohne sich dessen richtig bewußt zu sein. Das Lied wanderte wild zwischen Moll und Dur hin und her, wechselte die Tonart nach Belieben. Joey hatte es irgendwann einmal zu ihrem Abwaschlied erklärt.

Sie reparierte die tropfende Toilette, und ihr fiel wieder ein, daß sie John Papas noch einmal daran erinnern mußte, den uralten Spülkasten zu ersetzen, ging zum Besenschrank, um den Staubsauger zu holen, und fing an, ganz laut zu singen, um sich über das Klappern und Heulen hinweg selbst zu hören. Sie putzte geduldig und gewissenhaft, saugte sogar die Hintertreppe, die auf einen Parkplatz hinaus führte. Weil die Maschine so einen Lärm machte, hörte sie nicht, wie die Ladentür ging. Als sie den Staubsauger abstellte, sich herumdrehte und den Jungen sah, schnappte sie vor Überraschung laut nach Luft, und das klang in der plötzlichen Stille wie ein Schrei.

Der Junge lächelte sie an und hielt die Hände hoch. »Ich tu' dir nichts«, sagte er. »Ich bin Indigo.«

Er war zierlich, nur wenig größer als Joey, und er schien auch nicht viel älter zu sein. Nur war da ein Fließen in seinen Bewegungen, das sie an die Reportagen erinnerte, die sie im Fernsehen über Leoparden und Geparden gesehen hatte. Er trug seinen blauen Anorak trotz der Hitze geschlossen, hatte grobe Leinenhosen und schäbige Laufschuhe an. Und seine Augen waren vom dunkelsten Blau, das sie je gesehen hatte – echtes Indigo –, sie saßen in einem herzförmigen Gesicht, dessen Haut fast durchsichtig schien. Er hatte einen breiten Mund und kleine, spitze Ohren, nicht wie die von Mr. Spock im Fernsehen, aber ganz ähnlich zugespitzt. Für Joey war er der schönste Mensch, den sie je gesehen hatte, und sie fürchtete sich vor ihm.

»Ich bin Indigo«, wiederholte der Junge. »Ich suche nach ...«, und er tastete seltsam nach Worten, »... Papas' Musikladen. Ist das hier Papas' Musikladen?« Sein Akzent war anders als der von John Papas, melodischer, er erinnerte sie an die Sprache der Mädchen von den Westindischen Inseln auf ihrer Schule.

»Hier ist Papas' Musikladen«, sagte Joey, »aber Mr. Papas ist im Moment nicht hier. Er kommt bald wieder. Kann *ich* dir helfen?«

Wieder lächelte Indigo. Joey bemerkte, daß seine Augen dunkler und geheimnisvoller wurden, wenn er lächelte. Er gab ihr keine Antwort, sondern griff in seinen Anorak und zog ein Horn hervor. Es war so lang wie sein Unterarm, wand sich schneckenförmig wie eine Meeresmuschel, und erst hielt es Joey für Plastik, denn es hatte dieses dunkle schimmernde Silberblau, das man in billigen Schminkkästen oder bei spielzeuggroßen Sportwagen findet. Doch als er das Horn an die Lippen führte, wurde Joey schon bei den ersten Tönen klar, daß es aus einem Material bestand, das ihr gänzlich unbekannt war. Der Ton war sanft, er hörte sich warm und voll an, klang weder nach Holz noch nach Blech ... er glich einer fernen, menschlichen Stimme, die wortlos von einem Ort sang, den sie nicht kannte. Als sie das hörte, schnürte es ihr die Kehle zu, und sie spürte ein Brennen in den Augen, und doch merkte sie voller Staunen, daß sie lächelte.

Es gab keine Löcher zum Greifen, sondern nur diese eine abgeflachte Öffnung an der Spitze des Horns, in welche man hineinblies. Anfangs klangen die Töne noch wahllos, doch dann flossen sie zu einer langsam sich wiegenden, silberblauen Weise ineinander, deren Rhythmus ihr immer wieder entglitt und wie ein verspieltes Kätzchen ständig davonlief. Joey stand da, vergaß vollkommen, wo sie war, und nur ihr Kopf wiegte sich leicht, während Indigo spielte. Er rührte sich nicht, doch die Musik selbst kam näher wie ein Kätzchen, wenn es Zutrauen faßt. Im einen Augenblick klang sie so vertraut wie ein Kinderlied, im nächsten so kalt und fremd wie Mondlicht, das sich in eine Melodie verwandelt hat. Ein- oder zweimal streckte Joey zögerlich die Hand aus, als wollte sie die Klänge streicheln, doch jedesmal wurde der Blick des Jungen derart wild und argwöhnisch, daß sie ihre Hand eilig zurückzog. Es schien ihr, als leuchtete das Horn stetig heller, während er darauf spielte, und wenn sie die blausilbernen Spiralen mit ihrem Blick verfolgte, ganz vorsichtig, würden diese sie den ganzen Weg im Kreis und hinunter – in die Musik hinein – führen. Indigo betrachtete sie mit mittlerweile ausdruckslosen Augen, das dunkle Blau hatte nun dieselbe tiefschwarze Farbe angenommen wie der interstellare Raum in *Star Trek*.

Joey hatte keine Vorstellung, wie lange er gespielt hatte und wie lange John Papas schon in der Tür stand. Sie drehte sich erst um, als sie ein sanftes Krächzen hörte: »Entschuldigt mal. Wen haben wir denn da?« Augenblicklich hörte Indigo zu spielen auf, fuhr auf dem Absatz herum, verneigte sich mit dem Horn in der Hand.

»Er hat Sie gesucht«, sagte Joey. Nach der Musik klang ihre Stimme selbst in ihren Ohren seltsam und laut. »Er heißt Indigo.«

»Indigo«, sagte John Papas. »Deine Eltern waren wohl in Woodstock, was?« Der Scherz hatte einen seltsam ausdruckslosen Unterton. Er starrte den Jungen voll Anerkennung an, mit blasser Miene, die Augen etwas groß. Mit derselben tonlosen Stimme fragte John Papas: »Was ist das? Zeig es mir.«

Indigo verneigte sich noch einmal und reichte ihm das

silberblaue Horn. Bedächtig nahm John Papas es entgegen, sah den Jungen immer noch an, während er mit den Händen darüber strich, unverhohlen erstaunt, daß es keine Löcher hatte. Er führte das Horn zum Mund und blies erst über das Mundstück und dann hinein, anfangs leicht, aber als kein Ton herauskommen wollte, pustete er und stieß die Luft fester hinein. Schließlich – mit einem inzwischen geröteten Gesicht und verständlicherweise irritiert – sagte er: »Gut. Spiel du noch mal.«

Lächelnd nahm Indigo das Horn wieder in Empfang. »Ich glaube, es ist nicht für jeden.« Er neigte das Horn, bis es auf die altmodische Querblende über der Ladentür deutete, dann spielte er ein Lied, das so schlicht war wie ein Amselruf, so liebenswert bescheiden, daß in Joey eine Angst hochstieg, die sie nie für möglich gehalten hätte. Die Härchen stellten sich ihr im Nacken auf, Lippen und Wangen verkrampften sich schmerzhaft, und kalt zog sich ihr Magen zusammen. Doch die Musik tanzte weiter, brandete aus Indigo empor, ohne daß Finger dafür nötig gewesen wären, sie zu formen oder zu lenken: im einen Moment die Blechflöte eines Kindes, dann wieder eine ferne Stimme, die einerseits ihre eigene Musik verhöhnte, andererseits lockte und verspottete.

Neben Joey stand John Papas und keuchte mit offenem Mund wie ein Langstreckenläufer, und sein Kopf bewegte sich nach der Musik. Als sie verstummte, sagte er leise, aber schroff: »Was ist das für ein Ding? Woher hast du das?«

»Es gehört mir«, antwortete Indigo. »Es kommt von weit her.«

John Papas sagte: »Es muß synthetisch sein. In der Natur gibt es nichts, das einen solchen Klang hervorbringen könnte. Das ist mein Geschäft, Junge, da kenne ich mich aus.«

Indigo gab keine Antwort und tat so, als wollte er das Horn wieder unter seinen Anorak schieben. Daraufhin stieß John Papas ein heiseres Stöhnen aus, als hätte man ihm in den Magen geboxt. In den knapp sechs Monaten, seit sie das erste Mal in seinen Laden gekommen war, hatte Joey weder ein solches Geräusch aus seinem Mund vernommen, noch hatte sie je ein derart wildes Verlangen in seinem Blick gesehen. Sanft fragte er: »Was willst du dafür haben?« Als er die Hand ausstreckte, um das silberblaue Horn wieder an sich zu nehmen, ließ er einen Pappbecher fallen, und Joey merkte zu spät, daß er sein Versprechen gehalten und ihr Kaffee mitgebracht hatte. Der spritzte neben ihr auf den Boden und versengte ihr die Knöchel, doch sie rührte sich nicht.

John Papas schüttelte heftig den Kopf, versuchte sichtlich, einen Traum abzuschütteln. Langsam und mit deutlich griechischerem Akzent als sonst sagte er: »Ich möchte es kaufen. Sag mir, was du willst.«

Indigo zögerte und schien nun selbst zum ersten Mal verunsichert. »Es wird Sie viel kosten, Mr. Papas.«

John Papas befeuchtete die Lippen. Er sagte: »Ich warte.« Noch immer wirkte Indigo unsicher, fast ängstlich, und John Papas sagte etwas vehementer: »Komm schon, komm, was willst du dafür haben? Wieviel?«

»Gold«, sagte der Junge. »Ich will Gold.« John Papas starrte ihn an, Joey tat dasselbe. Indigo wich ein Stück zurück, hielt das Horn fester umklammert. Er sagte: »In meinem … meinem Land kennen wir kein Geld, man kann nicht mit der Hilfe von Zettelchen kaufen oder verkaufen, wie ihr es macht. Aber ich reise viel, und merke, daß alle überall Gold wollen. Sie müssen mich in Gold bezahlen.«

Joey lachte laut. »Mr. Papas hat kein Gold … was glaubst du, was er ist? Ein Pirat?« Indigo drehte sich zu ihr hin, und sie wich einen Schritt zurück. »Niemand hat heutzutage noch Gold«, sagte sie. »Das gibt es doch nur in Büchern.«

Doch John Papas gab ihr ein Zeichen, still zu sein und sagte barsch: »Warte, halt den Mund, Mädchen«, und dann, an Indigo gewandt: »Also. Wieviel Gold?«

Indigos Lächeln und seine unterkühlte Selbstsicherheit kehrten fast augenblicklich zurück. »Wieviel haben Sie denn?« John Papas machte den Mund auf und schloß ihn wieder. Indigo sagte: »Wenn Gold so selten ist... das Horn ist noch seltener. Glauben Sie mir.«

John Papas stand da und sah ihn lange an, und dann nickte er. Er sagte: »Warte«, drehte sich um und verschwand im Dunkel der Werkstatt. Joey hörte, wie sich die Tür des winzigen Nebenraumes, der ihm als Büro diente, öffnete und schloß. Allein mit Indigo, so als ob sie nun einen langweiligen Verwandten unterhalten müßte, sah sie an ihm vorbei, wich dem Blick seiner beunruhigenden Augen aus. Durchs Schaufenster konnte sie die flache, heiße Straße draußen sehen, auf der sich Autos vorüberquälten und merkwürdige Gestalten in ihr Blickfeld wirbelten, um dann wieder kleiner zu werden wie Fische, die in einem Aquarium ihre Runde drehen. Angesichts von Indigos schiefem Grinsen schien ihr die öde vertraute Welt da draußen vor dem Fenster so unwirklich wie die Welt, in die ihr Vater und ihre Mutter jeden Tag entschwanden. Erleichtert hörte sie, daß John Papas zurückkam.

»Gold«, sagte er. »Du willst Gold, Junge? Papas zeigt dir Gold.« Er trug einen hölzernen Kasten unter dem Arm. Der war lang und flach, sah wie der Farbkasten eines Malers aus, nicht einmal die Flecke und Kleckse an der Seite fehlten. Als John Papas den Kasten auf den Ladentisch stellte, hörte Joey, daß etwas Hartes darin rutschte und rasselte, und sie spürte, wie ihr Atem hinten in der Kehle kratzte. Papas schob irgendwo einen doppelbärtigen Schlüssel hinein, wo gar kein Schlüsselloch zu sein schien. Das Schloß machte keinerlei Geräusch, als er ihn herumdrehte. John Papas klappte den Deckel auf, und Joey sah, daß der Kasten zur Hälfte mit alten Münzen gefüllt war, deren Größe zwischen der eines Dime und eines Silberdollars lag. Auf manchen waren Muster und Formen zu erkennen, während andere abgewetzt und glatt wie Murmeln waren, doch alle wiesen die schmutzige gelblich-braune Farbe auf, wie sie auch die Messingbeschläge dieses Kastens besaßen. Sie rochen etwas feucht, obwohl sie ziemlich trocken waren. Sie rochen nach Erde.

»Drachmen«, sagte John Papas, »Guineen, Kronen, Sovereigns, Half Eagles. Hier sind Dukaten, Dublonen, wie in den Piratenbüchern sind hier sogar *moidores*. Für das Horn, alles für dich.« Seine Lippen waren schmal und blaß, er bleckte ein bißchen die Zähne.

Als er merkte, daß Joey ihn ansah, sagte er schroff: »Nicht meine, Josephine Rivera. Von meinem Vater. Zum Teil noch von *seinem* Vater. Wir sind Griechen. Grieche zu sein heißt, nie zu wissen, ob man nicht schnell mal verschwinden muß. Einen Paß kaufen, ein Visum, einen Kapitän bestechen, einen Polizisten, einen Zöllner. Keiner hilft dir, niemals, nie, nur Gold. Nur Gold.« Heftig schüttelte er den Kasten, und die Münzen klimperten schwerfällig.

Indigo nahm ein paar Münzen und drehte sie auf seiner Hand, schob sie hierhin und dorthin. John Papas sagte: »Mein Vater, er hat sie mir gegeben, als er starb. Bis jetzt habe ich noch keine davon verkauft. Keine einzige, als Grieche brauche ich sie vielleicht noch. Jetzt, für dieses Horn ... alle. *Nimm sie*, Junge!«

Abrupt hielt er Indigo den Kasten vors Gesicht.

Der Junge betrachtete die Münzen mit beiläufigem Interesse, doch es schien Joey, als sänke die frühere Furcht erneut unergründlich tief in diese dunkelblauen Augen. Er sah Joey direkt an, als er eine ganze Handvoll Münzen nahm und seine Stirn in Falten legte.

»Nimm«, wiederholte John Papas voller Ungeduld. »Mach schon, sie sind alle echt. Beim Händler bekommst du einen guten Preis dafür, besser noch, du gehst zu einem Sammler. Hier.« Hart stieß er dem Jungen den Kasten in die Hände und griff nach dem silberblauen Horn.

»Nein«, sagte Indigo abrupt. »Nein, das ist nicht genug.« Plötzlich drehte er sich um und legte das Horn in Joeys Hände. Ihre Finger berührten sich nur kurz, und Joey fühlte einen sanften, heißen Schauer, der sie erbeben ließ. Indigo sagte: »Spiel. Zeig ihm, warum es nicht genug ist.«

Das Horn roch nach fernen Blumen. Sobald es Joeys Lippen berührte, war sie eins mit ihm, fühlten und spielten sie die Musik gemeinsam, wurde es sofort ein Teil von ihr. Sie war sich dessen nicht einmal bewußt, daß sie hineinblies oder versuchte, eine Melodie zu formen ... die Musik war einfach da und war schon immer da gewesen, tanzte durch sie hindurch. *Und es war noch etwas anderes da*, etwas, das überall um sie herum war, sie willkommen hieß und ihr Angst machte, etwas, das sie augenblicklich sehen würde, sobald sie die Augen aufschlug. Doch waren sie geschlossen, seit sie zu spielen begonnen hatte, und auch jetzt hielt sie sie geschlossen, denn etwas in ihr war von blinder Angst getrieben.

Aus weiter Ferne sagte Indigos Stimme: »Schluß jetzt.« Hinterher fragte sich Joey oft, ob sie hätte aufhören können zu spielen – oder gespielt zu werden –, wenn er nichts gesagt hätte. Mit zitternden Händen legte sie das Horn auf die Ladentheke und schlug die Augen auf. John Papas starrte sie mit einem Blick an, in dem sich Entsetzen und grenzenlose Freude mischten, und der seltsame Junge lächelte und nahm das silberblaue Horn an sich.

»Ich heiße Indigo«, sagte er. »Vergiß mich nicht, John Papas. Vielleicht komme ich wieder einmal her.«

Mit diesen Worten war er so spurlos verschwunden, wie er zuvor einfach dagewesen war, als Joey sich nach dem Saugen der Hintertreppe umgedreht hatte. Ganz langsam öffnete sie die Ladentür und blinzelte in die ihr wohlbekannte Welt hinaus, doch war nirgendwo etwas von ihm zu sehen. Hinter ihr sagte John Papas sanft: »Schließ die Tür. Schließ die Tür, Josephine.«

Joey schloß die Tür und lehnte sich dagegen. John Papas stand hinter dem Ladentisch und wischte sich die Stirn. Langsam sah er wieder aus wie er selbst, nicht mehr so verändert wie seit dem Moment, als Indigo den Laden betreten hatte, aber er wirkte auch älter, dachte Joey, und schrecklich müde. Ziellos bewegte sich seine Hand durch die alten Münzen im Kasten, ohne daß er sie dabei ansah.

»Kannten Sie ihn von irgendwoher?« fragte Joey. Rasch sah John Papas auf. »Wen, ihn? Meinst du, ich habe mit Leuten zu tun, die Indigo, Schwefelgelb oder so ähnlich heißen? Meinst du, in meiner Bekanntschaft kommen solche Jungen vor? Vergiß es. Hab' ihn nie im Leben gesehen.« Er war viel zu wütend. Es paßte nicht zu ihm. Joey sagte: »Na, es sah so aus. Und Sie haben so ausgesehen, als würden Sie auch die Musik kennen.« Sie fühlte sich erschöpft und gereizt und merkwürdig.

Es schien, als starrte John Papas sie sehr lange an, mit Augen, in denen nur ihr Spiegelbild zu sehen war. Joey erwiderte den Blick, weigerte sich stur zu blinzeln. John Papas kratzte sich am

Kopf und fing langsam an zu lächeln, ein schiefes Lächeln, als hätte sich ein Haken in seiner Lippe verfangen. Er sagte: »Josephine Rivera.« Dann sagte er etwas in einer anderen Sprache, und dann wieder auf englisch: »Josephine Rivera, wo kommst du eigentlich her? Wo kommst du her, daß du mit einem alten Griechen in einem staubigen, alten Musikladen herumsitzt? Wieso gehst du nicht raus und spielst Baseball, Football, gehst mit deinem Freund aus? Zum Tanzen? Ins Kino?« Noch immer unterdrückte er ein Lächeln, doch drang es schon in seine Augen.

»Ich mag keinen Baseball«, sagte Joey. »Und ich habe keinen Freund, und ich kann nicht richtig tanzen, das sagen alle. Ich bin *gerne* hier und helfe Ihnen. Wieso erzählen Sie mir nicht, was hier eigentlich gespielt wird? Wieso darf ich nicht danach fragen?«

John Papas seufzte. »Ich bin es einfach nicht gewöhnt, das ist es. Diese Art von Gesprächen haben nichts mit Musik zu tun oder damit, wie man Instrumente repariert. Wenn einer allein lebt so wie ich, vergißt er, wie die Menschen reden.« Er zerrte an seinem Schnauzbart herum, zupfte erst am einen Ende und dann am anderen, strich beide Seiten mit den Knöcheln glatt. Schließlich sagte er: »Josephine Rivera, hattest du schon mal das Gefühl, daß etwas ständig neben dir herläuft... du mußt nur deinen Kopf ein Stück drehen, und *da* ist es? Aber wenn du dann deinen Kopf tatsächlich drehst: nichts? Hattest du dieses Gefühl schon mal?«

Joey nickte: »So wie wenn man weiß, daß jemand einen ansieht, man ihn aber nicht sehen kann?«

»Genau so«, stimmte John Papas ihr zu. »Oder vielleicht bist du diejenige, die etwas ansieht... genau da ist es, auf der anderen Straßenseite vielleicht, aber du kannst nur ein kleines Stück davon sehen, du siehst nie das ganze Ding. Passiert dir das manchmal?«

»Ich glaube schon«, sagte Joey langsam. »Meine Abuelita, meine Großmutter... als ich klein war, hat sie mir immer erzählt, wenn ich den Kopf schnell genug drehe, könnte ich in mein Ohr sehen. Irgendwie so was in der Art.«

Plötzlich sah John Papas müde und verschwommen aus. »Ja«, sagte er. »Na, halt die Augen auf, das reicht schon.« Noch einmal rieb er an seinem Schnauzer herum, klemmte sich den Münzkasten unter den Arm und wandte sich wieder seiner düsteren Werkstatt zu.

Joey sagte: »Dieser Junge da, Indigo.«

John Papas blieb mit dem Rücken zu ihr stehen. »Ich hab' dir nichts zu sagen. Geh nach Hause... ich mach' heute früher Schluß, mir ist so danach. Auf Wiedersehen.«

»Okay«, sagte Joey. »Auf Wiedersehen.« Ihre Stimme kam leise und verletzt hervor, und dafür war sie wütend auf sich selbst. Sie machte einen Schritt in seine Richtung, wollte gerade fragen: »Soll ich morgen wiederkommen?«, und hielt inne, denn da war wieder die Musik...

... in weiter Ferne, gespielt wie vor ewigen Zeiten und wie Lichtjahre entfernt, ein Klang, zu dem ein Duft gehörte, ein grüner, dunkler Duft, und Äpfel und große Federn, warm im Sonnenschein. Die Melodie schwingt sich empor und steht dort, dann treibt sie wie ein Drache fort mit dem Wind, jetzt ganz nah wie mein eigener Atem, jetzt so fern, daß ich mit meiner Haut lauschen muß, nicht mit meinen Ohren. Wo ist sie, wo ist sie? Ich muß zu ihr hin.

Sie merkte erst, daß sie die letzten Worte geflüstert hatte, als sie John Papas' Stimme hörte: »Wo ist was? Was redest du da?«

»Von der Musik«, sagte Joey. »Derselben Musik. Woher

kommt sie?« John Papas starrte sie an. Joey sagte: »*Da*, jetzt, genau da.« Wild sah sie sich um, dann rannte sie wieder zur Tür und schrie: »Woher kommt sie? Sie ist überall, können Sie sie nicht hören?« Die Tür klemmte, wie immer, und Joey tat sich am Handgelenk weh und brach sich einen Fingernagel ab, als sie daran zerrte, weil es sie zur Musik hin drängte.

Dann stand John Papas neben ihr, eine Hand sanft auf ihrer Schulter. Die Musik verklang, auch wenn sie sie noch in den Härchen an ihren Unterarmen spüren und auf ihren trockenen Lippen schmecken konnte. John Papas sagte leise: »Geh nach Hause, Josephine Rivera. Geh auf direktem Weg nach Hause, bleib nirgends stehen, *hör* nirgends zu. Setz deinen Walkman auf, hör dir was an. Wir sprechen später weiter, morgen vielleicht. Hier, hier, deine Bücher. Jetzt geh nach Hause.«

»Es ist dieser Junge«, sagte Joey. »Indigo. Mit ihm hat die Musik angefangen. Mr. Papas, ich muß wissen ...«

»Morgen«, sagte John Papas. »Vielleicht. Jetzt aber nach Hause.« Er stieß die Tür auf, scheuchte Joey hinaus, zog bereits die schmalen Jalousien herunter und drehte schon das Pappschild um, auf dem GESCHLOSSEN stand, als sie noch ihren Rucksack aufsetzte.

* * * * * * * Zweites Kapitel * * * * * * * *

Es war der erste Tag im Monat, und deshalb war Abuelita zum Abendessen da. Sie aßen später als sonst, denn Mr. Rivera hatte nach der Arbeit einen riesigen Umweg ins Silver-Pines-Seniorenheim machen müssen, um Abuelita dort abzuholen. Sie saß gegenüber von Joey am Tisch, klein und braun und makellos rund, das glatte, schwarze Haar inzwischen dünn, doch schimmernd wie eh und je, und jedesmal, wenn Joey sie ansah, erhob sich ihr Lächeln so langsam und vollkommen wie ein Sonnenaufgang.

Joey wußte nicht genau, wie alt ihre Großmutter eigentlich war – ihr Vater behauptete immer, Abuelita wüßte es selbst nicht –, und von Kindesbeinen an hatte sie sich nie vorstellen können, daß sie die Mutter ihres Vaters war. Dabei sahen sie sich nicht unähnlich, denn Mr. Rivera hatte schwarze Haare und gedrungene Finger und kleine, feine Ohren wie Abuelita; doch seinen Augen fehlte dieser kapriziöse und fremde Zug, er hatte keinen Schalk im Nacken. Als Joey noch ganz klein gewesen war, hatte sie immer in der Angst gelebt, daß Abuelita gar nicht zu ihrer Familie gehörte, sondern sie aus geheimnisvollen Beweggründen lediglich adoptiert hatte und irgendwann, wenn sie gerade Lust dazu hatte, wieder zu ihren richtigen Kindern und Enkelkindern zurückkehren könnte. Noch heute träumte sie manchmal davon.

In ihrem lauten Coahuila-Mexikanisch fragte Abuelita Joeys zehnjährigen Bruder Scott, der neben ihr saß, was er gerade in der Schule durchnahm. Er rutschte auf seinem Stuhl hin und her, schob das Essen auf seinem Teller herum und sah seinen Vater an. Mr. Rivera antwortete für ihn auf englisch: »Er bekommt sehr gute Noten, Mama. Er ist in einer Hochbegabtenklasse, und er spielt Fußball. Wahrscheinlich schafft es seine Mannschaft dieses Jahr in die Endrunde.«

»Aber er kann kein Spanisch«, sagte Abuelita. »Mein Enkelsohn kann sich nicht in unserer Sprache mit mir unterhalten.« In ihrem Ton schwang nichts mit, was ungehalten, anklagend oder bedauernd gewesen wäre, dennoch färbte sich Mr. Riveras Gesicht rot.

Da mischte sich Joeys Mutter ein. »Mama, er hat dafür keine Zeit, er ist so mit der Schule und dem Sport und seinen Freunden beschäftigt. Außerdem, und das weißt du, hört er *selten* jemanden Spanisch sprechen.«

»In dieser Umgebung nicht«, stimmt ihr Abuelita freundlich zu. »Aber Fina spricht so gut wie ich.« Niemand außer Abuelita rief Joey bei ihrem Kosenamen aus Kindertagen.

»Damals hast du eben noch bei uns gewohnt«, sagte Mrs. Rivera. »Bevor wir umgezogen sind. Das waren andere Zeiten.«

Abuelita nickte. *»Muy diferentes, las circunstancias.«* Sie wandte sich wieder Scott zu, streichelte seine Hand und sprach so bedächtig Englisch mit ihm, als wäre er ein Ausländer. »Weißt du, was *ich* glaube? *Ich* glaube, daß wir beiden diesen Sommer einen Ausflug nach Las Perlas unternehmen sollten. Wenn die

Schule zu Ende ist, und zwar nur wir beide. Ein paar Monate in Las Perlas, und du wirst wie ein richtiger *coahuileño* aus Mexiko reden. Vielleicht kommst du sogar auf den Geschmack von *menudo*, von Kutteln, wer weiß?« Sie zwinkerte Joey zu.

Scott tappte wie immer in die Falle. »*Menudo*, wie eklig! Die Gedärme einer Kuh!« Er krümmte sich über seinem Teller, und einen Moment lang glaubte Joey, er würde sich tatsächlich übergeben. Er konnte sich auf Befehl oder – wie praktisch – wegen einer Wette übergeben. Abuelita sah ihn von der Seite an, und er setzte sich wieder gerade hin.

»Gilberto?« wandte sie sich fragend an Mr. Rivera. »Was hältst du denn davon? Vielleicht können wir alle zusammen nach Las Perlas fahren? Die Kinder sollten doch wissen, woher sie stammen, wo unsere Wurzeln sind. Ich möchte, daß wir alle nach Las Perlas gehen.«

Joey kannte den »Laß mich das machen«-Blick, den ihr Vater rasch ihrer Mutter zuwarf, ebenso gut wie den Ton, den er anschlug, wenn einer seiner Kollegen anrief. Er sagte: »Weißt du, Mama, ich bin mir gar nicht so sicher, ob es Las Perlas überhaupt noch gibt. Ich glaube, sie haben es einfach überbaut. Schon vor Jahren.«

»Las Perlas gibt es«, antwortete Abuelita leise. »Las Perlas lebt.«

»Ich will da nicht hingehen«, sagte Scott. »Unser Trainer lädt die ganze Mannschaft ins Disneyland ein, wenn wir es in die Endrunde schaffen.«

Joey saß zusammen mit Abuelita auf dem Rücksitz, als Mr. Rivera sie zurück nach Silver Pines brachte. Sie hielten sich an der Hand. Joey sagte: »Weißt du was, ich habe diesen Sommer nichts Besonderes vor. Wenn du möchtest, gehe ich mit dir nach Las Perlas.«

Abuelita schüttelte den Kopf. »Ich denke zur Zeit viel zu oft an Las Perlas, Fina. Das ist nicht gut für eine alte Frau. Wir vergessen das Thema jetzt einfach.«

Joey drückte ihre Hand. »Okay, wir nehmen jetzt einfach wie früher die Straße nach China, erinnerst du dich? Als ich noch klein war, im alten Haus? Im Hinterhof sitzen und graben. Das könnten wir doch auch machen.«

Abuelita hatte ein ganz bestimmtes Lächeln im Gesicht, das in Joey eine Vorstellung von dem frechen, schwarzäugigen kleinen Mädchen wachrief, das sie einmal gewesen sein mußte, als sie in einer schlammigen Straße einer Ziege hinterhergerannt war. »Ay, dieser magische Hinterhof. Von dort aus sind wir nach Oaxaca gefahren, weißt du noch? Und nach Indien. Ich erinner' mich dran, Fina.«

»Nicht der Hinterhof war magisch«, sagte Joey. »Du warst es. Und du bist es immer noch.«

In der geschotterten Einfahrt von Silver Pines umarmte sie Abuelita zum Abschied. »Wir sehen uns am Sonntag, gleiche Zeit wie immer. Soll ich dir irgendwas mitbringen?«

»Bitte bring mir ein Lied mit«, bat Abuelita. »Eins von den Liedern, die du dir ausdenkst, das würde mir gefallen. Du kannst es mir dann vorsingen, während wir spazierengehen.«

»Abgemacht«, sagte Joey. Rasch stieg sie wieder ins Auto, denn sie haßte es, wenn Abuelita mühsam den Hof entlangging, immer kleiner wurde und schließlich im grellen Schein des beleuchteten Brunnens verschwand. »Immer, wenn wir sie hier absetzen, denke ich: *Stell dir vor, das wäre das letzte Mal!* Ich kann nichts machen, ich denke das jedes Mal.«

»Mama ist zäh. Die wird uns alle überleben, glaub mir«, antwortete Mr. Rivera. Den Rest des Heimwegs sprach er Notizen in sein Diktiergerät, und Joey lehnte sich gegen die Tür und dachte darüber nach, ob sie sich mit Abuelita nach China oder Indien durchgraben sollte.

An diesem Abend konnte sie nur schlecht einschlafen, bis sie schließlich in einen unruhigen Halbschlaf fiel, aus dem sie nach wenigen Stunden wieder hochschreckte. Das Haus war dunkel und ruhig, nur der Geschirrspüler brummte noch. Sie schlich sich hinunter in die Küche, um sich ein Glas Schokoladenmilch zu holen, machte es sich dann mit einem Liebesroman ihrer Mutter auf dem Bett gemütlich und wartete geduldig darauf, wieder einzuschlafen.

Es war schon weit nach Mitternacht, und sie war immer noch hellwach. Gerade überlegte sie, ob es ihr gelingen würde, heimlich fernzusehen, wenn sie sich vor dem Gerät auf den Boden legte und es ganz, *ganz* leise stellte, da hörte sie die Musik, so nah, daß sie, bis sie diese wiedererkannte, dachte, der blöde Scott wäre schon wieder bei laufendem Radio eingeschlafen. Aber sie kam von draußen, gleich von dort vorn, lockte von der Straße her, und Joey hatte schon zwei Schlösser und einen Riegel geöffnet, bevor sie merkte, daß die Musik verklungen war. Sie hörte, wie sie selbst vor Enttäuschung aufschrie, doch niemand wachte auf.

Sie ging hinaus, stellte sich auf die oberste Stufe und lauschte. Nichts war zu hören, außer dem schluckaufähnlichen Zischen der Rasensprenger und dem Murmeln der Autobahn in der Ferne. Dann hörte sie es wieder: leiser, nicht ganz so deutlich, aber ganz sicher auch nicht weit entfernt. Wenn sie doch nur die genaue Richtung ausmachen könnte! Dort hinter dem künstlich angelegten See, hinter Scotts Grundschule, gleich hinter dem Haus der freiwilligen Feuerwehr, genau *da* mußte es sein. Sie rannte ins Haus zurück, vertauschte ihren Schlafanzug mit Jeans und einem »Northern Exposure«-T-Shirt in Übergröße, schnappte ihre Wanderstiefel – zog sie erst an, als sie wieder draußen war – und lief die Straße hinunter, folgte der Musik.

Die lockte sie, neckte sie, wie sie es früher oft mit Tante Isabels Katze getan hatte, mit einem Ball aus zerknülltem Papier, der an einem Faden baumelte, immer knapp außer Reichweite. Das bebende Singen von Indigos Horn – *was konnte es sonst sein?* – lockte sie durch die drückend heiße kalifornische Nacht. Manchmal glaubte sie sogar, ein zweites Horn zu hören, das wie Tante Isabels Katze wild die Melodie umspielte. Hin und wieder hätte sie schwören können, daß es ein ganzes Dutzend Melodien war, die zeitweilig miteinander harmonierten, dann wieder konkurrierten, nach ihrem Herz griffen und ihren Atem stocken ließen. *Die Musik, die ich in meinem Kopf höre, immer, mein ganzes Leben schon, die Musik, für die ich keinen Namen finde...*

Die Straßen unter dem orangefarbenen Halbmond waren leer, bis auf ein paar Autos, die sie einige Blocks entfernt hören konnte, weil ihre Radios zwischen den Häusern hallten. Seltsamerweise gelang es ihnen nicht, die Musik zu verdrängen, selbst wenn sie so nah kamen, daß die Fahrer sie mustern, ihr etwas Beleidigendes zurufen und davonrasen konnten. Joey schenkte ihnen keinerlei Beachtung, sondern eilte vorwärts, bog nach links oder rechts ab, wenn die Musik in einer bestimmten Straße näher klang. Die Klänge verstummten nicht mehr, doch wurden sie so ungleichmäßig leiser und lauter, daß sie ihre ganze Aufmerksamkeit brauchte, um deren Quelle auszumachen. Aus diesem Grund entging es völlig ihrer Aufmerksamkeit, an welcher Stelle sie eigentlich zum ersten Mal die Grenze überschritt.

Dort graute der Morgen, auf der anderen Seite. Von einem Schritt zum nächsten graute der Morgen.

Joey hielt mit dem einen Fuß in der Luft inne, kurz bevor er sich senken wollte. Ganz langsam senkte sie ihn herab, nicht auf Asphalt, sondern auf eine kühle, frühlingshafte, farnbewachsene Wiese am Morgen. Lange sah sie auf ihre Füße im Gras hinab, dann hob sie den Kopf und blickte zu einem Himmel auf, wie sie ihn noch nie gesehen hatte. Es mochte der Himmel über einem anderen Planeten sein. Nicht wegen seiner Farbe oder der Form dieser aprikosenfarbenen Rüschenwolken, sondern weil sie ihn durch eine Luft betrachtete, die so klar war, daß alles etwas heller und näher wirkte, als es in Wirklichkeit war. Fast schien es Joey, als hätte sie die aufgehende Sonne zum Frühstück pflücken und auspressen können.

Die vertrauten Vorstadtstraßen waren ausnahmslos verschwunden. Sie stand auf einer flachen Anhöhe, umgeben von hohen, blauen Bäumen, die sich in drei Richtungen erstreckten. Die Bäume sahen aus wie Eichen, soweit Joey überhaupt etwas über Bäume wußte, doch waren ihre Blätter von noch dunklerem Blau als der Himmel selbst, es war die Farbe von Indigos Augen, an die sie plötzlich denken mußte. Jenseits der Bäume erspähte sie in der einen Richtung grüne Hügel – die emporstiegen –, den schwachen Glanz der Sonne über einer Wasserfläche in einer anderen, und in der dritten eine strahlende Weite mit Weideland, sanft, mit wilden Blumen. *Was das Wort »wild« an diesem Ort auch bedeuten mag. Keine Häuser, keine Straßen, keine Menschen irgendwo. Vielleicht ist alles hier wild.*

Es war die Musik, die sie davon abhielt, sich zu fürchten. Die Musik war nun überall, deutlich näher, dennoch war es unmöglich, sie an einem Ort festzumachen. Sie wogte und ebbte unablässig, selbst hier, freudig und unberechenbar, schien zwischen Steinen hervorzublubbern wie die Stimme einer Quelle, aus Gras und Erde hervorzuzirpen wie spielende Insekten, wie Regen auf sie herabzutaumeln. Bis auf die Musik blendete sie alles aus, wollte später auf alles reagieren, darauf eingehen, sah sich eilig um, schlug verschiedentlich die falsche Richtung ein und beschloß zuletzt, von den Bäumen weg und in die Wiese hinein zu gehen. *Dort kann ich sie besser hören, mich besser auf sie konzentrieren. Ich werde sie finden. Sie möchte, daß ich sie finde.*

Sie wanderte in die Wiese hinein, folgte der Musik durch meeresgrünes, kniehohes Gras und blieb immer wieder stehen, um Blumen zu betrachten, die wie lange orangefarbene Zungen oder schimmernde Ebenholzknöpfe aussahen, als die Musik urplötzlich abbrach. Der Schreck war fast schon körperlich: Sie wirbelte herum, starrte wild in alle Richtungen. Schwer und kalt wie eine Schlange fiel ein Schatten auf ihren Nacken.

Die weite Wiese selbst schien sich zurückzuziehen, kroch in alle Richtungen von ihr fort, verdunkelte sich, wohin sie auch blicken mochte, ließ sie – wie schrecklich – ungeschützt mit dem zurück, das sie nicht begreifen konnte. Der Schatten bewegte sich zu schnell und flog zu hoch über ihr hinweg, und so nahm sie lediglich wahr, daß es sich um eine Unmenge kleiner, fliegender Wesen handelte – *nur sind es keine Vögel, es sind keine Vögel* – und daß sie im Flug miteinander schnatterten, wobei sie ein leises, kaltes Klicken von sich gaben. Joey drehte sich um und rannte zu den Bäumen zurück.

Auch der Schatten kehrte um, fast augenblicklich. Sie konnte den dunklen Strudel auf ihrer Haut spüren, ohne sich umzudrehen. *O Gott, ich hätte mich nicht rühren sollen, sie haben mich gesehen.* Das weiche Gras zerrte nun an ihren schweren Wanderstiefeln, die orangefarbenen und schwarzen Blumen krallten sich an ihre Beine und Knöchel, und hinter ihr kam das kalte Schnattern immer näher, während die blauen Bäume so weit wie eh und je entfernt zu sein schienen. Ihr Kopf war von diesem schrecklichen Geräusch angefüllt. Sie stolperte bei jedem Schritt, bemühte sich verzweifelt, nicht hinzufallen. Sie hatte das Gefühl, beim Atmen Feuer zu schlucken. Sie spürte, wie der Schatten quer über ihr Herz fiel.

Mit einem letzten, taumelnden Sprung landete sie in einem anderen Schatten, schützend und süßlich duftend, und fiel auf die Nase. Augenblicklich sprang sie wieder auf, wankte noch ein paar Meter weiter, bis sie erneut stürzte. Selbst jetzt noch klammerte sie sich an Baumwurzeln, schob sich voran. Und da hörte sie die Stimme an ihrem Ohr. Diese sagte: »Bleib ruhig, Tochter. Bleib ganz ruhig.«

Einen Moment lang erschien es Joey, als hätte sich das Geräusch, das sie verfolgte, in Worte verwandelt, Worte, die höchstwahrscheinlich das letzte waren, was sie jemals hören sollte. Doch die Stimme sagte: »Die Bäume werden sie aufhalten, glaube ich«, und sie merkte, daß kein gieriges Klicken in ihrem Tonfall lag, keine eisige Ungeduld. Die Stimme klang etwas mürrisch: »Sie mögen die Bäume nicht«, und dann, als sie den Kopf hob: »*Runter!* Bleib ganz *ruhig*!«

Gehorsam blieb Joey regungslos liegen, obwohl ihre Augen voller Dreck waren und sich eine Wurzel schmerzhaft in ihre Seite bohrte. Sie konnte fühlen, wie sich der Schatten langsam zurückzog, während sie noch wie ein Hitzegewitter das wütende Schnattern über sich hörte. Sie bewegte den eingeklemmten Arm ein bißchen, und da die Stimme sie nicht deswegen tadelte, fühlte sie sich ermutigt, den Kopf in die Richtung zu drehen, aus der die Stimme gekommen war. Anfangs sah sie gar nichts, auch wenn ihre Nase einen warmen, stechenden Geruch wahrnahm, seltsam vertraut, *wie die Waschräume in der Schule, wenn sie gerade frisch geputzt sind.* Dann sah sie ihn.

Er war einen guten Kopf kleiner als sie und glich so sehr einer Illustration, die Joey in einem Mythologiebuch gesehen hatte, daß sie ein plötzliches Lachen unterdrücken mußte. Er grinste sie schief an, zeigte quadratische, beerenfleckige Zähne zwischen bärtigen Lippen. Sein braunes, dreieckiges Gesicht war das eines Menschen, bis auf die spitzen Ohren – sie waren wirklich spitz, viel mehr noch als Indigos – und die gelben Ziegenaugen mit ihren horizontal geschlitzten Pupillen. Seine Füße waren paarhufig wie bei einer Ziege, genau wie im Buch, knickten in eine Art spitzes Sprunggelenk nach hinten ab, dort, wo beim Menschen das Knie gewesen wäre. Er war nackt, Brust, Bauch und Beine waren gleichermaßen mit grobem, dunklem Haar überzogen, glatt und schmutzverklebt. Das Haar auf seinem Kopf lockte sich so dicht, daß es beinahe die beiden kleinen Hörner verborgen hätte, die dort hervorlugten. Sein Grinsen wurde immer breiter, je länger Joey ihn anglotzte.

»Ich heiße Ko«, verkündete er. »Es muß dir nicht peinlich sein, daß du mich bewunderst.« Mit schmuddeligen Fingern voll abgebrochener Nägel strich er sich den Bart glatt und fügte dann hinzu: »Ich war hübscher, als ich jünger war, doch damals mangelte es mir an Reife und Erfahrung, welcher ich mich inzwischen auch erfreue.«

Endlich fand Joey ihre Sprache wieder, obgleich sie nur ein peinliches Krächzen hervorbrachte. »Ich *weiß*, wer du bist, ich habe ein Bild gesehen. Du bist ein Faun oder so was ... ein Satyr, genau. Du bist ein waschechter Satyr.«

Ko wirkte leicht verdutzt. »So würde man mich in eurer Welt nennen?« Er versuchte sich ein paarmal an dem Wort, dann zuckte er mit den Schultern. »Gut genug für Außerweltliche, nehme ich an. Immer so, wie man es gewohnt ist.«

»Diese Dinger«, flüsterte Joey. Ko verstand sie sofort. »Wir

ECHO

hier nennen sie Perytone, und die Meinen nennen sich selbst Tirujai. Das hast du wirklich prima gemacht, wie du ihnen entkommen bist, Tochter. Das gelingt nicht vielen. Ich würde an deiner Stelle noch etwas bleiben, wo du bist, und leise sprechen. Sie können warten, die Perytone.«

Joey gehorchte ihm, wobei sie es sich Stück für Stück etwas bequemer machte und die Ellbogen unter sich schob. Sie fragte den Satyr: »Du hast gesagt: *in eurer Welt*. Wenn ich ... wenn ich gar nicht in meiner eigenen Welt bin ... okay, wo bin ich denn dann?« Sie hielt den Atem an, war sich überhaupt nicht sicher, ob sie die Antwort hören wollte.

Ko sagte: »Du bist in Shei'rah.« Für Joey fühlte sich das Wort bei diesem ersten Mal wie eine sanfte Brise auf ihrer Wange an. Sie hob augenblicklich ihre eine Hand, berührte ihr Gesicht und fragte: »Ich bin *wo*?«

»Du bist in Shei'rah«, wiederholte der Satyr. »Und damit du's gleich weißt: Du bist nicht die erste Außerweltliche, die den Weg hierher gefunden hat. Aber du bist die erste seit sehr langer Zeit, und ich bin hocherfreut, dich kennenzulernen. Ich hab' sie immer gemocht, die Außerweltlichen.«

Das Schnattern der Perytone wurde leiser und leiser. Joey mußte sich nun anstrengen, um es noch zu hören. Sie setzte sich auf und versuchte, sich den Dreck aus Haar und Augen zu wischen. Vorsichtig sagte sie: »Ich bin Josephine Angelina Rivera. Man nennt mich Joey. Ich wohne in der Alomar Street in einem Ort namens Woodmont, aber eigentlich ist es gar kein richtiger Ort, eher ein unaufgeräumter Supermarkt westlich von Los Angeles. Meine Mutter macht in Immobilien, und mein Vater irgendwas mit Computern, mit Elektronik. Ich habe einen total doofen Bruder, und eine Großmutter, die in einem dieser Heime für alte Leute wohnt, was mir überhaupt nicht gefällt. Ich gehe auf die Ridgecrest Junior High School. Übermorgen muß ich zum Zahnarzt. Was mache ich bloß an einem Ort wie Shei'rah?« Ihr Blick wanderte von dem fragenden Gesicht des Satyrs hinauf in die blauen Bäume, dann zu Boden, wo eine purpurrote Schnecke von der Größe eines Softballs sie anstarrte. »Ich glaube, ich sollte eigentlich in meinem Bett sein«, fügte sie leise hinzu.

Wieder begann die Musik, obwohl Joey nicht hätte sagen können, wann. Satyrn spielten auf lustigen kleinen Pfeifen, fiel ihr ein, *aus Bambus oder so etwas ähnlichem*, aber Ko schien mit seinen Händen vor allem damit beschäftigt zu sein, sich zu kratzen, und außerdem kam die Musik diesmal aus weiter Ferne. Ko streckte sich – er roch tatsächlich ziemlich eigentümlich, keine Frage –, kratzte sich genießerisch den Hintern, bis sein flotter Büschelschwanz wie ein Propeller kreiselte und sagte schließlich: »Nun, ich glaube, jetzt sind wir soweit in Sicherheit. Wollen wir gehen, Tochter?«

Aus dem Mund einer solchen Kreatur klang das Wort »Tochter« derartig absurd, daß Joey unwillkürlich kichern mußte. Sie fragte: »Gehen? Wohin gehen?«

Ko hob seine buschigen, schrägstehenden Augenbrauen. »Na, dem Allerältesten einen Besuch abstatten, was sonst? Der Älteste wird einen Rat wissen.«

»Der Älteste?« Joey kam auf die Beine. »Ich kann *nirgendwohin*... ich muß morgen zur Schule, ich habe einen *Test*, verdammt. Und meine Eltern, wenn die aufwachen und ich bin einfach so weg... hör zu, ich weiß nicht, wie ich hergekommen bin, aber es muß doch auch einen Weg zurück geben. Zeig mir einfach, aus welcher Richtung ich gekommen bin, und ich finde mich schon zurecht. Ich muß wirklich nach Hause, tut mir leid.«

Der Satyr lächelte nun sanft und mitfühlend. »Tochter, du kannst die Grenze jetzt nicht überqueren. Der Mond ist schon nicht mehr zu sehen.«

»Grenze?« fragte Joey. »Welche Grenze? Was hat der Mond damit zu tun? Was redest du da überhaupt?«

Doch Ko verschwand bereits im Wald. Joey hastete hinter ihm her, verzweifelt darauf bedacht, nicht zurückzubleiben. »Ich muß nach *Hause*!« rief sie, als sie ihn einholte. »Ich muß zur *Schule*! Wie weit ist es bis zum Ältesten, *wer* auch immer das sein mag?«

Ko wandte sich um und nahm ihre Hand, tätschelte sie mit Fingern, die sich so dick und kratzig anfühlten wie die Pfote eines Hundes. »Wir können uns im Gehen unterhalten«, sagte er. »Alles wird gut werden, Tochter. Dessen bin ich mir so gut wie sicher. Fast alles wird gut hier in Shei'rah.«

* * * * * * * Drittes Kapitel * * * * * * * *

Die Reise dauerte den ganzen Tag. Ko mied das Weideland – »so nah an der Grenze fordert man die Perytone auf freiem Feld wahrlich auf, einen zu verspeisen« – und blieb die ganze Zeit in Deckung, so beschwerlich der Weg auch werden mochte. Er führte Joey durch einen Wald, durch dorniges Dickicht und danach wieder in dichten, dunklen Wald, das Unterholz nur gelegentlich von sonnengesprenkelten Lichtungen durchbrochen, wo Vögel, die so unglaublich grell leuchteten, als hätte ihr kleiner Bruder sie gemalt, sangen wie Wind über Wasser und Wasser über Stein. Ein Pärchen kleiner schwarzgoldener Vögel folgte ihnen eine Weile, steuerte im Sturzflug auf Kos Kopf zu und kreiste um ihn herum, zwitscherte ihm ständig in die behaarten Ohren. Er gab ihnen eigentlich keine Antwort, was Joey ein wenig beruhigte, aber er hörte ihnen offensichtlich zu.

Gelegentlich war sich Joey ganz sicher, daß man ihre Reise aufmerksam beobachtete. Anfangs blieb sie unvermittelt stehen und riß den Kopf herum, doch war nie etwas zu sehen, und das weckte in ihr Erinnerungen, wie Abuelita sie damit aufgezogen hatte, sie solle doch versuchen, in ihr eigenes Ohr hineinzusehen. An Abuelita zu denken machte sie traurig, so daß sie aufhörte, sich ständig umzudrehen. Doch auch weiterhin fühlte sie sich beobachtet, erforscht, eingehend betrachtet, vielleicht auch von den blauen Bäumen, vielleicht vom Wind.

Ein heller Bach schlängelte sich durch eine der Lichtungen, und Joey sank an seinem Rand auf die Knie, rief Ko zu, er solle auf sie warten. Das Wasser war kalt und süß. Sein Geschmack breitete sich in ihr aus und ließ sie erschauern. Als sie sich vorbeugte, um noch einmal zu trinken, sah sie ihr Gesicht, dunkel und knochig und *durchschnittlich* und streckte ihm die Zunge heraus, wie sie es immer tat. Doch diesmal, diesmal tauchte ein anderes Gesicht hinter ihr auf, darunter, durch ihr eigenes hindurch, ließ ihr Bild zu einem Blubbern von Blasen zerspringen, streckte ihr seine grüne, spitze Zunge entgegen und lachte mit zutiefst schamloser Freude – wie die nie verstummende Musik höchstselbst. Joey kreischte, sprang auf und stürzte voller Panik dem Satyr hinterher, den sie beinah zu Boden geworfen hätte, als sie mit ihm zusammenstieß. Er stützte sie mit groben, erschreckend kräftigen Händen und sagte: »Beruhige dich, Tochter, der alte Ko ist doch bei dir. Was hat dich denn so erschreckt?«

Joey erzählte es ihm und ärgerte sich, als er vor Lachen laut herausplatzte, sich vorbeugte, um in die Hände zu klatschen und sich auf seine Ziegenschenkel zu schlagen. »Kind«, keuchte er, als er wieder sprechen konnte, »Tochter, du hast nur eine Bach-Jalla gesehen, sonst nichts. Harmlos wie Elritzen sind sie, und auch ebenso verbreitet, schenk ihnen einfach keine Beachtung. Sie haben einen ziemlich vulgären Humor.« Plötzlich wieder nüchtern fügte er hinzu: »Die im Fluß, die sind ein anderes Kaliber. Eine ausgewachsene Fluß-Jalla hätte dich in die Tiefe gerissen und inzwischen schon deine Knochen abgenagt.

Geh niemals zu nah an ein Flußufer, niemals, es sei denn, du bist mit mir zusammen oder dem Ältesten. Hast du mich verstanden, Tochter?«

»Ja«, flüsterte Joey, und dann: »Wieso nennst du mich eigentlich dauernd *Tochter*? Also wenn ich mir im Moment noch über eines sicher bin, dann darüber, daß ich nicht deine Tochter bin.« Aus Furcht, der Satyr könnte gekränkt sein, fügte sie rasch hinzu: »Ich meine, das ist schon in Ordnung, aber ich *bin* es nun mal nicht.«

Ko lächelte, wobei seine gelben Augen für einen Moment ein goldenes Glitzern mit winzigen Finsternissen annahmen. »Wenn du wie ich einhundertsiebenundachtzig Jahre alt bist«, erwiderte er, »darfst du jeden nennen, wie dir beliebt. Ich nenne dich *meine Tochter*, weil es mir Freude bereitet, aus keinem anderen Grund. Komm, es ist noch ein langer Weg zum Ältesten. Bleib an meiner Seite.«

Joey blieb in seiner Nähe, als sie weiterwanderten. Für eine Weile ging es zurück in den Schutz der blauen Bäume, und dann hinaus in vergleichsweise offenes Land, das Haine mit weit kleineren, zarter wirkenden Bäumen prägten, die wie Verzierungen aus farbigem Glas auf flachen, blütenüberzogenen Hügeln standen. Joey kannte keine dieser Blumen, doch ihr Duft war derart mild und schmerzlich vertraut, daß sie erneut an Abuelita denken mußte. Abuelita, die zu laut redete, weil sie taub wurde, und die absichtlich mehr und mehr Spanisch sprach, je weniger Joeys Eltern die Sprache benutzten. Abuelita, die Musik über alles liebte, besonders die ihrer Enkelin, und die besser roch als irgend jemand sonst auf der Welt.

Sie blieb stehen, dachte: *Ein ganzes Land, das wie Abuelita riecht. Ach nein, ich habe Heimweh, ich habe es vorher nur nicht beachtet. Abuelita, du hast mich hergebracht, irgendwie, ich weiß nicht wie. Paß auf dich auf, bis ich zurück bin. Hörst du mich, Abuelita?*

Sie rannte los, um Ko einzuholen, da hielt sein ausgestreckter Arm sie auf. Schweigend deutete er auf einen Steinhaufen direkt vor ihnen. Eine weiße Schlange kreuzte den Weg in aller Seelenruhe. Sie war dicker als Joeys Bein, wenn auch nicht länger, hatte die Farbe von Schnee, wenn er in der Stadt fällt, und besaß zwei Köpfe. Der am Schwanz schien zu schlafen, jedenfalls waren seine Augen geschlossen, und er wurde – wie der Rest des Leibes – durch den Staub geschleppt. Doch die leuchtend schwarzen Augen des vorderen Kopfes waren weit aufgerissen, funkelten Joey und den Satyr seitwärts mit warnender Verachtung an, während die weiße Schlange vorwärtskroch. Ko tat einen entschlossenen Schritt in ihre Richtung: Sofort trat rote Hitze mitten aus den Augen dieser Kreatur, und der Kopf drehte sich eilig auf seinem stämmigen Hals, zeigte lange Giftzähne, die grauen Schleim absonderten. Ko wich zurück, und die Schlange kroch weiter ins Unterholz abseits des Weges. Joey konnte noch das leichte Knacken hören, das die Schlange auf ihrem Weg machte, obwohl sie schon nicht mehr zu sehen war.

»Ein Jakhao«, sagte Ko. »Die mag eigentlich niemand.«

Eilig machte er sich wieder auf den Weg, doch Joey blieb, wo sie war, denn ihre Beine verweigerten den Dienst. »Dieses Ding hatte zwei Köpfe«, rief sie ihm nach. »Zwei Köpfe!«

»Es war ein Jakhao, das hab' ich doch gesagt«, antwortete der Satyr über die Schulter hinweg. »Jetzt beeil dich, Tochter.«

»Ich bin nicht deine Tochter!« schrie Joey. »Ich gehöre nicht hierher! Ich sollte im Bett liegen und schlafen, in meinem Zimmer, in *meinem* Zimmer, ich gehöre nicht dahin, wo es Satyrn und doppelköpfige Schlangen und fliegende Dinger gibt, die einen jagen und töten wollen, und ich weiß noch nicht mal, was für Lebewesen es sind!« Sie merkte, daß sie hysterisch wurde, doch diese Erkenntnis war ungefähr so weit weg wie ihr Zuhause. »Was ist das hier für ein *Land*, und wer spielt diese *Musik*? Ich hab' doch nur versucht, die Musik zu finden, mehr wollte ich doch gar nicht.« Sie spürte die Tränen auf ihren Wangen, und es ärgerte sie, aber sie hörten nicht auf zu fließen.

Ko wandte sich um, und einen Moment lang betrachtete er sie ausdruckslos. Dann kam er zu ihr zurück und legte schweigend die Arme um sie. Sein gehörnter Kopf lehnte sich unbeholfen an ihre Brust, das rauhe Haar an seinen Armen kratzte auf ihrer Haut, er war ganz nah, und er stank schlimmer als Kenny Rowles, der im Mathematikunterricht neben ihr saß. Doch er hielt sie ganz sanft, und Joey legte die Arme um seinen Hals und weinte, bis sie von selbst wieder aufhörte.

Als es soweit war, schob Ko sie ein bißchen von sich und sagte: »Wir sind in Shei'rah, das habe ich dir doch erzählt. Es ist eine Welt wie eure Welt, wie viele, viele, die unter den Sternen aneinander vorüberziehen.« Er tätschelte ihre Schulter. »Mehr weiß ich auch nicht. Aber ich bringe dich dorthin, wo du mehr erfahren kannst.«

Joey schniefte. »Meine Eltern werden aufwachen und glauben, ich wäre tot, sie werden denken, man hätte mich entführt, was ja ständig vorkommt.« Beinahe hätte sie wieder angefangen zu weinen, aber sie beherrschte sich. »Ganz ruhig«, sagte sie. »Ganz ruhig. Wir sind auf dem Weg zum Ältesten, laß uns gehen. Ganz ruhig.«

Der Weg folgte den Hügeln bergauf und bergab, und sie folgten ihm, aber dennoch bewegten sie sich leichter fort als im Wald. Der Himmel war von einem derart intensiven Blau, daß Joey es kaum ertragen konnte aufzublicken: Sie glaubte, sie müßte sonst aufwärts fallen, in alle Ewigkeit dem Himmel entgegentaumeln. Sie fragte Ko nach den Perytonen. »Ich habe nur eine Art Wolke gesehen, die auf mich zukam und dieses schreckliche Geräusch von sich gab. Ich könnte dir nicht sagen, wie einer von denen eigentlich aussieht.«

»Wir haben noch nie *einen* Peryton gesehen«, erwiderte der Satyr nachdenklich. »Wir haben keine ... keine Vorstellung von einem einzelnen Peryton. Sie treten immer in riesigen Schwärmen auf, Rudeln – Wolken, wie du es nennst –, und sie jagen alles, was sich bewegt, und was sie fangen, verschlingen sie auf der Stelle. Sie lassen nichts zurück, gar nichts ... Ein Sprichwort sagt, daß die Perytone sogar deinen Schatten fressen.« Joey erinnerte sich daran, wie sich mit dem Schatten dieser Perytone ein kaltes Gewicht auf ihre Schultern gesenkt hatte, und ein leiser Schauer lief ihr über den Rücken.

»Okay, vergiß die Perytone«, sagte sie. »Das seltsame Ding da im Wasser, diese Jalla, und die Schlange mit den zwei Köpfen, wie auch immer du sie genannt hast. Und das ...« Sie starrte einen goldroten Blitz am blendend klaren Himmel an, und merkte dann, daß es ein Vogel war. Es war ein Vogel, der so schnell flog, daß er schon außer Sicht war, ehe Joey klar wurde, daß dieses glühende Brandzeichen vor ihren Augen pure Schönheit gewesen war. »Und das, das!« heulte sie. »*Das!* Was ist das für ein Land? Alles, was man sieht, erschreckt einen entweder zu Tode oder bricht einem das Herz. Was ist das bloß für ein *Land*?«

»Das war ein Miri«, sagte Ko gelassen. »Du kannst dich glücklich schätzen, daß du ihn gleich an deinem ersten Tag in Shei'rah sehen durftest. Es gibt immer nur einen Miri, und wenn er alt wird, zündet er sein Nest an und verbrennt sich selbst zu Asche. Doch wenn das Feuer erstirbt, gibt es einen neuen, jungen Miri. Was sagst du dazu, Tochter?«

Joey zitterte. »Ein Phönix«, flüsterte sie. »Das ist ein Phönix. Wir haben ihn in der Schule durchgenommen. Aber der ist reine Phantasie, Legende. Wie Satyrn oder wie auch immer ihr euch nennen mögt.«

Ko zuckte mit den Schultern und kratzte sich. »Der Älteste wird es dir erklären.«

»Ach ja«, sagte Joey schwermütig. »Der Älteste. Du solltest mir lieber was vom Ältesten erzählen, wenn wir unsere Hintern schon den ganzen Weg bis zu ihm schleppen.«

»Eigentlich zu *ihnen*, Tochter!« Ko lachte aus schierer Freude und nahm ihre Hand. »Ich kann dir nicht sagen, was die Ältesten sind«, fuhr er fort. »Sie sind sie selbst, sie waren schon immer sie selbst, alle drei Arten. Ich weiß kein anderes Wort für sie. Sie sind die Ältesten.«

»Du bist über einhundertachtzig Jahre alt«, sagte Joey. »Und *sie* sind die Ältesten?« Ko nickte gutgelaunt. »Und es gibt drei verschiedene Arten?« Sie sah Bilder von Außerirdischen aus dem Fernsehen vor sich, mit riesigen, unterschiedlich faltigen, kahlen Köpfen.

»Eine Art ist wie der Himmel«, antwortete Ko. »Es gibt noch eine Art, die wie das Wasser ist, und eine ist die Erde, wie Erde. Aber sie alle sind die Ältesten.«

Joey seufzte. »Na großartig«, sagte sie. »Sag mir trotzdem was. Sind die Ältesten ... machen sie die Musik? Diese Musik da draußen?«

Während sie sprach, brachte ein einzelnes Horn, das plötzlich so nah klang wie Ko selbst, eine Melodie hervor, die so anmutig und so traurig war wie ein Blatt, das langsam zu Boden fällt; es fing sie einmal auf, warf sie ein klein wenig höher und ließ ihr dann freien Lauf. Ko sagte in die Stille hinein: »Tochter, nein, die Ältesten machen keine Musik. Die Ältesten *sind* Musik.« Joey antwortete nicht.

Inzwischen stieg die Straße gleichmäßig an, durchquerte ein schmales Tal, das von einzelnen Dornenbäumen übersät war, deren dreieckige Blätter silbrig im Sonnenlicht aufblitzten. Die Musik wurde nach Belieben lauter und leiser, flocht sich wie blühende Ranken durch das leise Schaben, das Kos gespaltene Hufe auf der Straße hervorriefen. Manchmal schienen nur ein oder zwei Hörner zu spielen, manchmal mindestens vier, manchmal mochten es mehr als ein Dutzend sein, mehr noch, ein Orchester voller Indigos. Joey versuchte, mit John Papas' trainierten, erfahrenen Ohren zuzuhören, aber sie schaffte es nicht.

Eine Schar kleiner Wesen, die auf einem sonnigen Fels schlummerten, schreckten hoch und beobachteten, wie sie vorüberzogen. Fast beiläufig bemerkte Joey, daß sie wie Drachen aussahen, allerdings waren sie höchstens fünfzehn Zentimeter lang und sandfarben wie die Felsen, auf denen sie kauerten. Als Joey dem größten von ihnen in die trüben Augen sah, forderte er sie mit einem leisen Zischen heraus und breitete seine gelbbraunen, kleinen Flügel schützend über die anderen Miniaturdrachen. Ko sagte: »Shendi, sind früh dran dieses Jahr«, als gäbe er freudig überrascht einen Kommentar zu irgendwelchen Frühlingsblumen ab.

Auf dem ganzen Weg pflückte Ko Früchte für sie – süße, schwere, rote Feigen und etwas, das er Javadur nannte. Es sah aus wie eine Kreuzung zwischen Mango und Avocado, roch wie ein nasser Hund und schmeckte nach Karamelcreme. Joey – die seit ihrem mitternächtlichen Glas Schokoladenmilch in einer anderen Welt noch nichts zu sich genommen hatte – verschlang so viele Javadurs, wie Ko finden konnte, und bat um mehr. Der Satyr war begeistert, erklärte ihr: »Warte hier und ruh dich aus, Tochter. Die besten Javadurs wachsen tiefer im Wald. Du wirst sehen: Diese hier sind eine müde Kopie der anderen. Warte auf mich.«

Dankbar sank Joey mit dem Rücken an einen Baum, der einer großen, goldenen Ananas ähnlich eine angenehm unebene Rinde hatte. Sie schlief augenblicklich ein und träumte von BeeBee Huang, ihrer besten Freundin in der Schule. Die beiden badeten ihren kleinen Bruder Scott, aus irgendeinem verträumten Grunde, und BeeBee sagte, sie müßten sehr vorsichtig sein, weil sich manchmal seltsame Dinge unter den Seifenblasen verbargen, und diese könnten in Scotts Nase geraten, so daß er nicht mehr atmen konnte. Joey hatte schon Schlimmeres im Leben gehört. Gerade als sie das sagen wollte, merkte sie, daß ihr selbst das Atmen zunehmend schwerer fiel. Sie hatte den Gestank von brennendem Müll in der Nase, und ihr Nacken schmerzte seltsam. Scott und BeeBee waren verschwunden, doch irgend jemand rief laut von irgendwoher, mit einer Stimme, die ihr bekannt vorkam. Joey schlug die Augen auf.

Eine kalte, kratzige Hand hielt ihr fest den Mund zu. Andere Hände krallten sich schmerzhaft unter ihre Arme. Erst als der Ast an ihren Kopf schlug, merkte sie, daß sie nicht mehr auf dem Boden lag, sondern gleichmäßig mit unerbittlicher Macht angehoben wurde. Noch immer rief die wütende Stimme irgend etwas, und die goldenen Blätter überall um sie herum rauschten und rasselten – *oder waren das andere Stimmen?* Sie bemerkte in einem kurzen Moment, daß die Hand auf ihrem Mund rauh von Schuppen war, dann ließen sie und alle anderen los, und sie taumelte durch die stummeligen Äste, bis sie der

Länge nach auf dem kahlen Boden aufschlug. Einen Augenblick lang sah sie Gesichter, die auf sie herunterblickten, goldfarben, mit harten grünen Augen: Reptiliengesichter, nur flach statt spitz, die Ohren albernerweise wie die von Teddybären. Dann schlossen sich die Zweige unter ihnen, und sie waren fort.

Als Joey endlich wieder zu Atem kam, was ewig zu dauern schien, setzte sie sich auf, holte Luft, um nach Ko zu rufen. Dann hielt sie inne, noch immer gaffend, denn sie starrte direkt in Indigos heiße blaue Augen. Er hockte neben ihr, unirdisch schön wie eh und je, doch fast schon menschlich, so zornig wie er mit ihr sprach. »Was ist los mit dir, Kind der Außenwelt? Hast du denn gar keinen Verstand?«

Benommen schüttelte Joey den Kopf, rieb sich Nacken und Schultern. Alles tat ihr weh, und sie begann, heftig zu zittern. Indigo sagte: »Fällt dir nichts Besseres ein als unter einem Cryak-Baum zu schlafen? Du hattest mehr Glück als Verstand, daß ich gerade in der Nähe war.«

»Was machst du hier?« flüsterte Joey. »Wo ist Ko? Ich will zu Ko.«

Der Junge schnaubte, was sich erstaunlicherweise nach John Papas anhörte. Er setzte zum Sprechen an, doch der Satyr war schon da, legte seine sehnigen Arme fest und muffig und tröstend um sie. »Hier bin ich, Tochter, hier ist der alte Ko, und hier bist du, unverletzt, ruhst dich nur ein bißchen aus.« Doch seine Stimme bebte fast so sehr wie sie.

»Ruhst dich nur ein bißchen aus«, äffte Indigo ihn unbarmherzig nach. »Ruhst unter einem Cryak, wie eine Mahlzeit, die auf einem frischen grünen Blatt serviert wird. Welcher Teufel reitet dich, *Tirujai*, daß du sie hier schlafen läßt?«

Ko neigte den Kopf, die Stimme kaum mehr hörbar. »Ich dachte ... es hieß, sie wären nicht mehr hier. Sie wandern doch, die Criyaqui, das weißt du ... man hat sie in diesem Wald seit drei Jahreszeiten nicht mehr gesehen, seit vier ...« Seine letzten Worte versickerten kläglich in Joeys Haar.

»Sie sind zurück«, sagte Indigo. »Wie der Tirujai früher als alle anderen hätte wissen müssen.« Joey ließ ihre Blicke zwischen ihm und Ko hin und her wandern. Die Stimme des Satyrs klang etwas kräftiger, als er sich wieder an sie wandte. »Tochter, ich bitte dich nicht, mir zu verzeihen. Nur ... nur dachte ich wirklich, diese Bäume wären sicher. Das habe ich wirklich gedacht.«

»Wer sind sie?« fragte Joey bebend. »Was haben sie ... ich meine, was *wollten* sie?« Noch immer konnte sie die matten, gierigen Schlangenaugen in den goldenen Gesichtern sehen, selbst als sie die eigenen Augen schloß.

»Niemand weiß es«, antwortete Ko. »Niemand, den die Criyaqui geholt haben, ist je zurückgekehrt. Sie leben in diesen Bäumen und fangen meinesgleichen, wann immer sie können, in den Ästen, wie sie fast auch dich gerade geholt hätten. Nie finden wir Knochen ... oder sonstwas, also wissen wir nicht ...« Er hielt Joey so fest, daß es ihr nun an anderen Stellen weh tat.

»Ich kann es nicht fassen«, sagte Joey. »So ist es, das ist alles, so einfach ist das. Ich glaube einfach nicht, daß das alles passiert. Daß es dich gibt«, sagte sie zu Ko, aber dennoch vergrub sie ihr Gesicht in seinem stinkenden Haar.

Sie hörte, wie Indigo den Satyr fragte: »Wohin bringst du sie?« und wie Ko erwiderte: »Zu den Ältesten natürlich, wohin sollte ich eine Außerweltliche denn wohl sonst bringen?«

Indigo klang seltsam gedämpft, als er wieder sprach. »Sie sind nicht ...« Er machte eine Pause und sagte dann sogar noch leiser: »Du weißt, wie es um sie steht, um die Ältesten?«

»Sie sind noch immer, was sie waren«, antwortete Ko mit erschreckendem Ungestüm über Joeys Kopf hinweg. »Du weißt besser als ich, daß sich alles in Shei'rah verändert, nur die Ältesten nicht. Für mich sind sie immer noch die gleichen, und ich vertraue ihrer Weisheit nicht weniger als früher.«

Eine Zeitlang sagte Indigo nichts mehr. Es lag eine Müdigkeit in seiner Stimme, die nicht zu ihm paßte, als er schließlich sagte: »Ich bin doch nicht so dumm und rede mit einem Tirujai über die Ältesten. Nimm sie also mit, wenn du meinst, aber halt sie wenigstens von den Cryak-Bäumen fern. Auf der anderen Seite der Grenze gibt es einen alten Mann, der dir dafür dankbar sein wird.« Joey hörte nicht, wie er verschwand.

»Es tut mir so leid, Tochter«, sagte Ko bedrückt, während Joey begann, ihren Kopf hin und her zu drehen, um zu sehen, ob ihr Hals noch funktionierte. »Wenn Indigo nicht gewesen wäre . . .«

»Wie ist er eigentlich hierher gekommen?« wollte Joey wissen. »Ist er mir über die Grenze gefolgt oder was?«

Da lächelte Ko trotz seines offensichtlichen Jammers. »Habe ich dir nicht erzählt, daß Wanderer in beiden Richtungen die Grenze überschreiten? Es gibt einige wenige in Shei'rah, die eure Welt vielleicht fast so gut kennen wie du.«

»Indigo kommt also von hier«, sagte Joey langsam. »Aus Shei'rah.« Wieder schüttelte sie den Kopf, schlug leicht mit dem Handballen an ihr Ohr, als wäre Wasser darin. »*Das* hätte ich mir längst denken können, was? Jemand, der so aussieht. Gut.« Sie stand auf, rieb an ihrem Mund herum, um die Empfindung loszuwerden, die die säuerliche Kühle der Criyaqui-Hände hinterlassen hatte. »Okay. Gehen wir.«

Gegen Abend, endlich, begann die Straße, ebener zu werden, und Joey machte einen Wald als Klecks am Horizont aus. So fern er auch war, so konnte sie doch sehen, daß diese Bäume nicht blau waren und auch nicht golden, sondern rot: kein herbstliches Scharlach, sondern tiefes Rubinrot, Stamm und Blätter fast schwarz im späten Licht. *Als würde Blut durch sie hindurchfließen, wie bei den Menschen, nicht dieses Chlorophyll-Zeug.* Als sie näher kamen, bemerkte sie, daß der Wald viel größer war als alle anderen, die sie an diesem Tag passiert hatten, und daß Ko sie zielstrebig in sein düster glimmendes Herz führte. »Hier leben die Ältesten«, sagte er. »Vielleicht finden wir sie, vielleicht auch nicht, aber hier ist ihr Zuhause.«

»Vielleicht auch *nicht*?« wiederholte Joey. »Oh, wie wunderbar. Meine Eltern haben inzwischen das FBI und Luftlandetruppen auf die Suche nach mir geschickt, Mr. Papas weiß nicht, was mit mir passiert ist, und ich habe eine sehr, sehr wichtige Mathematikarbeit versäumt – die macht da drüben eine Viertelzensur aus –, und mein Bruder Scott hat wahrscheinlich schon sein ganzes Zeug in meinem Zimmer verstaut. Und du erzählst mir, daß wir die Leute, die mich nach Hause bringen können, vielleicht gar nicht *finden*?«

»Ich habe gesagt: Die Ältesten wissen, was zu tun ist«, erwiderte der Satyr. »Glaub mir, Tochter, ob wir sie sehen oder nicht, macht nicht den geringsten Unterschied. Sie wissen trotzdem, was für Shei'rah das beste ist.«

»Für Shei'rah?« rief Joey. »Und was ist mit dem, was für *mich* das beste ist?«

»Das wird dasselbe sein«, sagte Ko, der zum ersten Mal seit Joeys Begegnung mit den Criyaqui wieder zuversichtlich redete. Doch dann schwieg er, und seine Stimme klang dünner und weniger selbstsicher, als er nochmals sprach. »Die Ältesten ... es ist ein wenig so, wie Indigo gesagt hat. Du darfst nicht vergessen ... sie sind vielleicht nicht mehr ganz das, was sie mal waren. Aber wirklich nur vielleicht.«

Gereizt ließ Joey die Arme nach unten fallen. »Ich weiß nicht mal, *was* sie sind!« Doch die Musik tanzte aus den Tiefen des roten Waldes hervor, stark und seltsam, erfüllte sie mit einem Sinn, wie sie ihn noch niemals in sich getragen hatte. Sie sagte: »Okay. Okay, wie auch immer, Ko.« Es war das erste Mal, daß sie den Satyr beim Namen nannte.

Der rote Wald – Ko sagte, er heiße »Abendrotwald« – fühlte sich für Joey wie ein Lebewesen an, von dem Moment an, als sie mit Ko die ersten Bäume passierte. Die untersten Äste ragten hoch über ihr auf, ihre Schatten warm auf ihrem Gesicht, und wohin auch immer sie ihren Fuß setzen mochte, schien der Waldboden mit einem Pochen zu antworten. Die Musik Shei'rahs schien überall zu pulsieren, nicht nur da, wo sie stehenblieb, um zu lauschen, sondern auch in ihr selbst, sie sprach eindringlich zu ihr, an dem geheimen Ort, an dem ihre eigene Musik entstand. Sie fühlte sich sanft von mächtigen, rubinroten Händen gehalten und atmete tief ein.

Im Abendrotwald wurde es nie richtig dunkel, so weit Joey und Ko sich auch hineintasten mochten. Die Sonne war inzwischen untergegangen, doch der Wald schien aus seinem Inneren heraus zu glühen, und es wurde niemals kühl. In der leuchtenden Stille hörte sie das ängstliche Huschen sehr kleiner Füße, das stille Seufzen großer Flügel über ihr und ein schweres, zielstrebiges Wumm-wumm-wumm in nächster Nähe, das sie überall sonst erschreckt hätte. Doch der Satyr zog an ihrer Hand, erklärte: »Hier entlang, Tochter«, und die Musik murmelte: »Hier entlang, hier entlang.« Joey folgte ihnen.

Und dann wichen die roten Bäume zurück, teilten sich wie hohes Gras im Wind, und Joey und Ko traten auf eine Lichtung unter einem Himmel, an dem die Sterne so dicht an dicht herumwirbelten, als schneite es im Abendrotwald. Die Ältesten standen in der Mitte der Lichtung und warteten.

Einer war groß und alt wie die Bäume selbst – und so schwarz, daß die Nacht um ihn herum erblaßte. Ein anderer, blaugrau wie eine Sturmwolke, war die reine Augenweide, der dritte war schlanker, mit längerem Leib und einem anmutigen, dichten Bärtchen, er sah aus, als bestünde er aus Meeresschaum, verziert mit grüner Phosphoreszenz. Aufrechten Hauptes standen sie da, ihre hübschen Schwänze schwebten wie Geister in der roten Nachtluft, und ihre langen Muschelhörner leuchteten im Sternenlicht. Die Musik erblühte um sie herum.

Joeys Herz machte einen Sprung, und sie wollte ihnen in die Augen sehen. Sie waren zugeschwollen, die Augen der drei Ältesten, so dick mit blaugrüner Kruste überzogen, daß sie beinah wie juwelenbesetzt aussahen. Da wußte Joey, daß die Ältesten blind waren.

******* Viertes Kapitel ********

Joey erwachte im Sonnenlicht, sie lag auf der Seite, unter einem roten Baum zusammengerollt, mit weichen Zweigen zugedeckt, der Wärme wegen, und zwei Einhörner blickten auf sie herab. Eines davon war das Einhorn, das irgendwie aussah, als wäre es nicht ganz so aus Fleisch und Blut wie die anderen, sondern eher eine Schöpfung aus Meer und Wind. Das andere war viel kleiner, von der Farbe des Sternenlichts, verspielt und zappelig, zu jung, um stillzustehen, zu rastlos, um würdig zu wirken. Es war das leise Trommeln seiner Vorderfüße auf der Stelle, das sie geweckt hatte. Joey hielt den Atem an, als sie merkte, daß in seinen mondfarbenen Augen die ersten Anzeichen der Verkrustungen zu sehen waren, welche die drei großen Ältesten hatten erblinden lassen.

Das kleine Einhorn sagte eifrig: »Mutter, da, siehst du? Sie ist aufgewacht!«

Joey setzte sich auf, schüttelte die Blätter aus den Haaren. »Hallo«, sagte sie, die Stimme heiser und knarrend, so wie sie am Morgen immer klang. »Wo ist Ko?«

Das zweite Einhorn trat vor, mit gemächlich fließenden Bewegungen wie Quecksilber. Die Blindheit schien seinen Tritt nicht zu hemmen, und es sah Joey direkt an und sagte: »Ich bin Fireez, und das hier ist Touriq, mein Sohn. Hast du gut geschlafen?« Seine Stimme klang leicht und leise, mit einem Hauch von Humor unter der Oberfläche.

»Ich glaube schon«, sagte Joey. »Habe einen Haufen verrückter Sachen geträumt, nur bin ich mir gar nicht sicher, ob es wirklich Träume waren.« Sie hielt inne, sagte dann langsam: »Ihr seid die Ältesten, hat Ko mir erzählt.«

»Wir sind die Ältesten der Ältesten«, antwortete Fireez. »Abgesehen von *ihm*.« Sie nickte ihrem Sohn zu, der Joeys Wanderstiefel untersuchte. Wo sein Horn sie berührte, fielen Staub und Erde von ihnen ab, und sie glänzten wie das Horn selbst. Joey sagte: »Da war auch ein Schwarzer.«

Fireez senkte die Stimme. »Das war der Lord Sinti.«

Aufgeregt mischte Touriq sich ein. »Du bist eingeschlafen, und er hat dich auf seinem Rücken hierher getragen! So was tut Sinti sonst *nie*! Er lebt ganz allein, Sinti ist selten zu *sehen*, so gut wie nie – *ich* habe ihn bis gestern abend noch nie gesehen. Du mußt *sehr* wichtig sein, für eine Außerweltliche...«

»Touriq«, sagte seine Mutter, und nicht mehr, doch das junge Einhorn war augenblicklich still. Fireez sagte: »Der Lord Sinti ist der Älteste von allen. Wir haben kein Wort für das, was er ist.« Dann lachte sie – ein plötzliches, absurdes, wundersames, kleines Kichern – und fügte hinzu: »Verzeih mir, daß ich unhöflich bin, aber ich frage mich die ganze Zeit, was zwischen euch geschehen ist, als er dich hergetragen hat. Hat er überhaupt mit dir gesprochen?«

Joey kam mühsam auf die Beine. »Ich kann mich nicht erinnern. Vielleicht.« Sie fing an zu lächeln, dann hielt sie abrupt inne, sagte: »Nein, es war ein Traum, das weiß ich genau. Ich dachte, er wollte mich etwas über Abuelita, meine Großmutter, fragen. Muß ein Traum gewesen sein, denn sonst... woher sollte er denn etwas von ihr wissen, hier in Shei'rah?«

»Der Lord Sinti weiß *alles*!« platzte Touriq heraus, und seine Mutter sagte das gleiche, nur etwas gesetzter. »Ich glaube, wenn man so alt und so weise wie der Lord Sinti ist, haben Dinge wie ›Grenzen‹ nur noch wenig Bedeutung.« Sie stupste Touriq, der schon wieder mit den Vorderfüßen herumtrappelte und offensichtlich kurz davor war, sie zu unterbrechen. »Mein Sohn ist albern und ungezogen, denn er ist noch nicht einmal zwei Jahrhunderte alt...«

»Warte«, sagte Joey. »Warte, warte, tut mir leid, entschuldige. *Jahrhunderte?*« Sie starrte die beiden an: der Sohn von grenzenlosem Eifer, frech wie ein Spatz, die Mutter von bedächtiger Anmut, meeresweiß, doch stetig bebend zwischen meeresblau und meeresgrün, die Wucherungen an ihren Augen wie ein böser Hohn auf ihre natürliche Farbe.

»Wir sterben nicht«, antwortete Fireez leise. »Man kann uns töten, aber wir sterben nicht eines natürlichen Todes, wie es selbst die Tirujai tun. Wir waren niemals krank... früher.«

»Du meinst deine Augen«, sagte Joey. »Könnt ihr wirklich nichts sehen? Keiner von euch?« Sie deutete auf Touriq, der inzwischen eingebildet umherstolzierte, während einer ihrer Stiefel an den Bändern von seinem Horn baumelte. »Ich meine, *er* kann doch prima sehen.«

»Ich sehe besser als irgendwer«, prahlte Touriq. Fireez brachte ihn zum Schweigen, sagte: »Die meisten unserer Jüngsten haben ihr Augenlicht noch, aber nicht alle. Es ist erst kürzlich über uns gekommen – kurz bevor Touriq geboren wurde – und selbst der Lord Sinti hat den Grund dafür noch nicht herausgefunden. Er wird dir mehr erzählen können als ich.«

Joey holte tief Luft. Sie sagte: »Jahrhunderte«, schüttelte sich wie ein nasser Hund und fing an, in ihre Stiefel zu steigen, während die Einhörner warteten, ernst und neugierig, was sie nun tun würde. Schließlich sah sie die beiden an, seufzte und sagte: »Es kann nicht zufällig sein, daß ich einen Unfall hatte, als ich gestern nacht aus dem Haus gegangen bin, und in Wirklichkeit im Krankenhaus auf der Intensivstation liege?« Verblüfft sah Touriq seine Mutter an. Joey seufzte noch einmal. »Wohl nicht. Okay, also ist alles blanke Realität, und ich bin hier, und ihr seid in der Tat Einhörner und unsterblich. Aber wenn ihr nicht sehen könnt, woher wißt ihr dann, daß ich hier bin?«

Voller Verwunderung sah Touriq seine Mutter an. Fireez antwortete geduldig: »Wir fühlen, daß du da bist. Du wirfst einen Schatten auf unsere Gedanken, fast wie ein Baum oder ein Vogel oder das Wasser. Wir haben gelernt, uns so zu bewegen, von Schatten zu Schatten. Außerdem formen wir die Worte nicht mit unseren Mündern wie ihr und Ko und die anderen Tirujai es tun. Wir sprechen mit unseren Gedanken. Du hörst uns in deinen Gedanken.«

Da tauchte Ko auf, von den haarigen Armen bis hoch zum Kinn mit leuchtenden, duftenden Früchten beladen. Joey erkannte nur die Javadurs, vom Rest suchte sie sich ein paar runde, rote Gebilde aus, die Blutorangen ähnelten (obwohl sie wie Bananen schmeckten), und noch etwas, das wie eine staubig violette Pflaume aussah und wie gegorene Melonen schmeckte. Ko entbot den beiden Einhörnern einen Gruß und wandte sich an Joey: »Wenn du mit deinem Frühstück fertig bist, erwartet dich der Lord Sinti.«

»Oh. Oh, okay. Hab' ich mir fast gedacht.« Eilig schlang Joey die Frucht hinunter, wischte sich den Mund ab und wartete darauf, daß Ko vorangehen würde. Doch der Satyr schüttelte den Kopf und sagte: »Geh, wohin du willst, und er wird da sein.«

Touriq zupfte an der silbrigen Mähne seiner Mutter. »Darf ich mit ihr gehen? Ich möchte Sinti auch sehen, darf ich?«

»Wenn er dich ruft, wirst du es merken«, erwiderte Fireez. Joeys Blicke wanderten zwischen den beiden Einhörnern und dem Satyr hin und her. Schließlich sagte sie leise: »Jahrhunderte. Ojemine!« Dann wandte sie sich um, entschied sich für eine Richtung und verschwand zwischen den Bäumen.

Zufrieden murmelte der Abendrotwald im ersten Sonnenlicht vor sich hin. Joey fand, daß die Luft wie frischgewaschene Wäsche roch, die auf der Leine trocknet; die Bäume und die blaßbraune Erde dufteten leicht nach Zimt. Als sie stehenblieb, um sich gegen einen mächtigen roten Baumstamm zu lehnen, fühlte sie, wie sein Leben durch die pelzige Borke unter ihrer Schulter drang. Genau über ihr sang ein kleiner Vogel – so golden wie Geschenkpapier – mit derart schlichter Leidenschaft, daß selbst die magische Musik, der Joey nach Shei'rah gefolgt war, verstummte. Eine lavendelgrüne Kreatur, eine Kreuzung zwischen Molch und Gottesanbeterin, kauerte auf ihrem rechten Fuß, sah zu ihr auf, mit Augen, die – für das, was dieses Wesen war – viel zu wach waren. »Hallo«, sagte Joey. »Redest du auch in meinem Kopf?« Doch das Wesen schoß davon, sobald sie sprach. Joey ging weiter.

Sie sah das schwarze Einhorn erst, als es im Paßgang an ihrer Seite war. Die anderen drei hatten die Größe von Hirschen gehabt, doch dieses war so groß, daß sie den Kopf in den Nacken legen mußte, um ihm in die Augen zu sehen, die ebenso grausam juwelenbesetzt waren wie die der Lady Fireez. Ob blind oder nicht, sie sogen ihren Blick so tief und weit in sich auf, daß sie ihre Füße vergaß, stolperte und sich an seiner Flanke stützen mußte. Unter seiner fast erschreckenden Wärme – *Einhörner sehen kühl aus, aber sie geben reichlich Körperwärme ab* – spürte Joey das Lachen, das sie nicht hören konnte, wie das Schnurren einer Katze. Er roch nach Orangen.

»Ich muß nach Hause«, sagte sie. »Das ist wichtig. Also, es gefällt mir hier, es ist wirklich schön, und ich hätte nichts dagegen, noch etwas länger zu bleiben, aber ich sollte mich auf den Heimweg machen.«

Sintis Stimme floß langsam von Kopf bis Fuß durch sie hindurch, wie das Wasser in Shei'rah. »Ich kann dir den Weg zeigen.«

Joey blieb stehen. »Das kannst du? Aber Ko hat gesagt, ich könnte nicht nach Hause, weil die Grenze sich verschoben hat oder so etwas ähnliches. Ich begreif' es nicht. Wie kann eine Grenze sich bewegen?«

Das schwarze Einhorn sah auf sie herab, sein Horn ein Schwert der Mitternacht unter den Bäumen des roten Morgens. »Weil Shei'rah sich bewegt.«

Er schwieg eine Weile, bis er wieder sprach und die Worte sorgsam in das Schweigen der benommenen Joey fallen ließ. »Es gibt viele, viele Welten, doch nur Shei'rah ist an eure Welt gebunden, und zwar auf eine Art und Weise, die ich bisher noch nicht verstanden habe. Wir schweben daneben, wir gleiten darüber hinweg wie der Schatten über eine Wolke. Wir bleiben vielleicht einen Tag oder tausend Jahre an einer Stelle… Shei'rah selbst sucht es sich aus. Und immer gibt es eine Grenze, und wer unsere Musik ehrlich fühlt, kann sie überschreiten, von beiden Seiten, in der Nacht, wenn der Mond am höchsten steht. Mehr ist nicht vonnöten, um in Shei'rah ein und aus zu gehen ... nur tiefes Verlangen und die Musik und ein wenig Mond.«

»Das ist verrückt«, flüsterte Joey. »Oh, das ist so *verrückt.*« Abrupt blieb sie stehen, wühlte mit beiden Händen in ihrem Haar. »Oh, mein Gott, wie lange bin ich denn schon hier? Ich habe kein Gefühl mehr für die Zeit, ich weiß auch nicht wieso, meine Eltern werden *verrückt* spielen, ich muß *sofort* los.«

Erneut klang Sintis mildes Vergnügen in ihrem eigenen Körper nach, obwohl sie ihn nicht berührte. »Die Zeit ist anders in Shei'rah. Wenn du heimkehrst, wird man dich nicht vermißt haben. Das verspreche ich dir.«

»Warte«, sagte Joey. »Warte, warte, warte, *warte*. Du sagst, ich kann hier so lange bleiben, wie ich will, und wenn ich nach Hause komme, ist immer noch gestern nacht? Wow, tut mir leid, ich möchte nicht ungezogen sein, aber das ist schon schräg. Mir wird ganz flau im Magen, wenn ich nur daran denke.«

Sinti gab keine Antwort. Joey ging neben ihm her, versuchte, sich nur auf die Musik zu konzentrieren. In Gesellschaft der Einhörner schien sie klarer und viel näher zu sein, dennoch blieb sie seltsam flüchtig, trällerte dreist aus Bächen und Steinen und roten Bäumen hervor, tanzte, wo immer sie wollte. Zögernd fragte sie: »Wieso werdet ihr alle blind? Ich meine, *Jahrhunderte*, da müßte doch jemand inzwischen was dagegen gefunden haben.«

»Es hat mit eurer Welt zu tun«, sagte das schwarze Einhorn. »Mit der Verbindung, dem Band zwischen uns. Mehr weiß ich auch nicht, mehr kann ich nicht sehen, und das genügt nicht.« Aus der Stimme in ihrem Inneren klang leise Verbitterung. »Ich bin Sinti, ich bin der Älteste der Ältesten, ich sollte im Besitz aller Weisheit sein. Ich habe die Meinen niemals enttäuscht, habe Shei'rah nicht ein einziges Mal enttäuscht. Immer mehr der Meinigen verlieren tagtäglich ihr Augenlicht, dennoch leben sie in absolutem Vertrauen darauf, daß ich ein Gegenmittel finden werde. Und ich kann weder ihnen helfen noch mir selbst. Ich kann ihnen nicht helfen.«

»Das tut mir leid«, sagte Joey. »Das tut mir wirklich leid. Die können inzwischen alles mögliche mit den Augen machen ... in meiner Welt, aber das wird euch wohl nicht viel helfen in Shei'rah.«

Sinti sagte nichts mehr, und gemeinsam gingen sie weiter. Joey sah, wie der Abendrotwald vor dem schwarzen Einhorn erblühte und sich erwärmte: Sie sah unbekannte Blumen, die sich eilig öffneten, erspähte die Tiere und Halbtiere, die im Unterholz kauerten, um den Lord Sinti im Vorübergehen zu betrachten, und sie hörte, daß der Wald selbst Klänge von sich gab, die fast unhörbar waren.

Abrupt blieb Sinti stehen, und erneut spürte Joey die süße, zermürbende Benommenheit, die einen überkommt, wenn man in die Augen der Ältesten blickt, ob sie einen nun sehen können oder nicht. Er sagte: »Hör mir zu. Es gibt da etwas, was ein paar Sterbliche wissen sollten. Hör gut zu, Josephine Angelina Rivera.«

Durch seine unhörbare Stimme wogte und kräuselte sich ihr Name, wie Joey es nie für möglich gehalten hätte. Sie nickte geduldig, und Sinti sagte: »Wir können unsere Gestalt verändern. Wir können wie ihr aussehen.«

Joey nickte wieder geduldig. Sinti fuhr fort: »Nicht oft, sehr selten. Ich habe meine Gestalt seit sehr langer Zeit nicht mehr verändert, und die meisten von uns haben vergessen, daß sie so etwas überhaupt können. Aber so ist es ... wir können menschliche Gestalt annehmen und die Grenze in eure Welt überschreiten, und gelegentlich tun wir es auch. Du bist den Ältesten bereits begegnet, Josephine Rivera.«

Zwischen den Bäumen, hinter seiner hohen Schulter, bemerkte Joey eine Bewegung und weites Grün, und sie hörte in der Ferne die unternehmungslustige Musik von Shei'rah. Sinti fuhr fort: »Zu allen Zeiten sind einige von uns unter euch gewesen. Die meisten bleiben nur kurze Zeit, einen Augenblick von eurer Zeit, gerade so lange, daß man sie sehen, es nicht glauben und sie nie wieder vergessen kann. Doch gibt es auch andere, nur wenige... bist du nie auf Legenden von ewigen Wanderern gestoßen, die an verschiedenen Orten unter verschiedenen Namen überliefert werden, menschliche Lebensspannen auseinander? Das waren Älteste: Gelehrte und Entdecker und Kartographen eurer Welt. Doch auch diese kommen beizeiten heim nach Shei'rah, sie können nicht anders. Eure Welt tötet uns, die meisten früher, einige erst später. Das dürfen wir nie vergessen.«

Joey dachte an den Jungen Indigo, messerscharf zeichnete er sich im trüben Licht von John Papas' Musikgeschäft ab, als er die ersten erschreckend fröhlichen Töne der Musik spielte, die sie aus der einen Welt in die andere gelockt hatte. Sie nahm allen Mut zusammen, um Sinti nach Indigo zu fragen, doch die Worte wollten nicht heraus, und statt dessen platzte sie heraus: »Wenn ihr... wenn die Ältesten unsere Gestalt annehmen, was geschieht dann mit den Hörnern?«

»Unsere Hörner nehmen wir ab, wenn wir uns verwandeln«, antwortete Sinti. »Wir haben sie immer bei uns. Das müssen wir, sonst können wir nie mehr heimkehren. Und einer der Ältesten, der nicht nach Shei'rah heimkehren kann, muß sterben.«

Joey merkte, wie ihr plötzlich ganz kalt wurde, und sie fröstelte in der schwachen Morgensonne Shei'rahs. »Aber wenn jemand sein Horn verliert oder es vielleicht verkauft hat ...«

Das schwarze Einhorn war schon weitergegangen. Jetzt blieb es stehen und sah auf sie herab, und plötzlich fürchtete sich Joey mehr als vor den Perytonen, die sie verfolgt hatten. Sie trat einen Schritt zurück und hörte ihn erneut in sich selbst. »Ich weiß nicht, was *verkauft* heißt, Josephine Rivera.«

Dann war er verschwunden, so lautlos, wie er gekommen war, und so schnell, daß Joey nicht sagen konnte, in welche Richtung er verschwunden war. Sie fing an, ihm hinterher zu rufen, doch es schien ihr seltsam und vermessen. Sie zögerte nur kurz, bevor sie sich umwandte und allein weiterging, zügig, den Blick nach vorne gerichtet, bis sie an den Rand des Abendrotwaldes kam.

Und dort, auf einer sonnenbeschienenen Ebene, ohne jeden Baum, doch vor wilden Blumen leuchtend, die weit und immer weiter wucherten, bis hin zu meeresgrünen Hügeln und jenseits davon meeresblauen Hügeln, sah Joey die Ältesten. Es waren Dutzende von ihnen, Hunderte, und sie hatten jegliche Farbe, nicht dieses reine Weiß, in dem Joey stets Einhörner abgebildet gesehen hatte, sondern braun, sturmgrau, schwarz wie der Lord Sinti, tiefrot wie die Bäume im Abendrotwald, es gab sogar ein paar, die so golden rosafarben waren wie die Morgenröte. Manche grasten, andere liefen freudig von hier nach dort um die Wette, die Jüngsten fochten mit ihren kleinen Hörnern, aggressiv und spielerisch. Manche fanden sich in kleinen Gruppen zusammen, ließen die Köpfe auf den Rücken anderer ruhen, andere standen weit auseinander und rührten sich nicht ... sie leuchteten so sehr in dieser Ebene, daß Joey die Augen übergingen, während die Musik ihr Herz erfüllte. Benommen, entzückt, gedankenlos ging sie ihnen entgegen.

Die Einhörner schenkten ihr keine Beachtung, bis sie ziemlich nah war. Ein Kopf nach dem anderen hob sich, und leise Klangwellen breiteten sich immer weiter aus. Es war nicht das schrille Wiehern von Pferden, sondern ein sanfter Ruf aus zwei Tönen, knapp und vogelähnlich. Manche wichen ihr mit Bogensprüngen scharf aus, doch die meisten blieben stehen oder machten Platz, um sie durchzulassen. Zwei der Einhörner jedoch kamen direkt auf sie zu. Diese waren von einer Art, die ihr bisher noch nicht begegnet war: beide rot, so groß wie Sinti, nur merklich massiger, die Hälse muskulös, damit sie ihre Hörner tragen konnten, die sicher einen Meter lang waren. Ihre Hufe waren größer, ihre Mähnen und Schweife schwerer und derber, und sie gaben ein leises, warnendes Geräusch von sich, während sie näher kamen.

»Ich bin Joey«, sagte sie laut. »Ich bin eine Freundin von Sinti ... ich meine, ich kenne ihn.« Sie stand wie angewurzelt.

Die Einhörner blieben kaum eine Horneslänge vor ihr stehen. Aus der Nähe hatten sie – anders als die Einhörner, denen sie bisher begegnet war – einen kräftigen, wilden Geruch an sich, scharf wie der der Löwen im Zoo. Sie sprachen nicht, sahen einander nur an und musterten dann wieder Joey, während das wilde Geräusch in ihren Kehlen stärker wurde. Joey sagte: »Ich tue niemandem was.«

Sie erfuhr nie, wozu die großen Tiere vielleicht fähig gewesen wären, da sich abrupt eine kleinere Gestalt zwischen die beiden drängte und Fireez' Sohn Touriq stolz in ihren Gedanken verkündete: »Da, ich habe dich gefunden! Komm mit!«

So unwiderstehlich wie ihr Bruder Scott stieß und schubste er sie wie einen Schleppkahn, schob sie fort von den beiden roten Einhörnern. Die erweckten nicht den Anschein, als wollten sie eingreifen, doch sie sah jedesmal, wenn sie sich zu ihnen umwandte, ihre mißtrauischen Blicke. Touriq sagte: »Achte nicht auf sie. Die wollen nichts Böses. Karkadanns sind einfach so.«

»Wow, die sind unheimlich«, sagte Joey. »Ich bin wirklich froh, daß du aufgetaucht bist. Wie hast du sie genannt?«

»Karkadanns«, antwortete Touriq beiläufig. Er machte seinen Rücken krumm und stieß Joey mit der Schulter an. Er sagte: »Endlich können wir spielen. Steig auf meinen Rükken.«

»Worauf?« Touriqs Schulter war nicht höher als Joeys. »Ich bin zu groß«, sagte sie. »Meine Beine sind zu lang, ich bin bestimmt zu schwer ...«

»Steig auf«, wiederholte Touriq voller Ungeduld. »Klemm deine Beine an meine Flanken, halt dich fest und mach dir keine Sorgen. *Komm* schon, ich will dich meinen Freunden zeigen!«

Joey schluckte, holte tief Luft und kletterte unbeholfen auf Touriqs Rücken, der sich breiter anfühlte, als sie gedacht hätte, und weit kräftiger. Sie legte sich flach an seinen Hals und spürte das erstaunliche Schwellen von Kraft, als das Einhornfohlen seine schlanken Beine anspannte und vorwärts schoß. Schon beim zweiten Schritt befand er sich in vollem Galopp, und Joey war sich schrecklich sicher, daß er mit dem einen oder anderen der Einhörner kollidieren würde, die so still in seinem Weg grasten. Doch die meisten traten anmutig beiseite, ohne aufzusehen, während eine Handvoll jüngerer sich aufbäumte, herumfuhr, lauthals seine Herausforderung annahm und ihm hinterherstürmte. Die leuchtende Wiese tönte und schimmerte unter ihren Hufen.

Langsam richtete sich Joey auf, Stück für Stück. Touriq lief so schnell, daß ihre Augen vor Tränen brannten, die der Wind hineinpeitschte. Das Feld war ein lodernder, strömender Schleier, das wolkenbruchartige Klappern der Einhornhufe erstickte jegliche Musik. Sie klammerte sich mit den Beinen fest und fühlte dabei die tiefe Leichtigkeit von Touriqs Bewegungen, die Ruhe seines Atems und verstand, daß er sich noch nicht einmal sonderlich anstrengte. *Er spielt. Er spielt nur.*

Ein silbergraues Einhorn bewegte sich Touriq zur Linken, ein schwarzes zur Rechten, doch keins von beiden konnte ihn überholen. Als sie es schließlich wagte, ihren Kopf zu drehen und zurückzublicken, stöhnte Joey vor Verwunderung auf, als sie die anderen sah: Touriqs Spielgefährten und Begleiter, ein Sturm von Farben, die sich wie der Frühling über Shei'rahs Ebene ergossen. Sie unterhielten sich miteinander im Laufen, und Joey merkte, daß sie das hohe, eindringliche Pfeifen ihrer Schreie kannte... daß diese zu der Musik gehörten, die Indigo in Mr. Papas' Laden gespielt hatte, zu der Musik, die sie aus dem Bett an diesen Ort, in diesen Augenblick gelockt hatte. Sie warf den Kopf in den Nacken, trat mit den Fersen an Touriqs Flanken und schrie ihren eigenen, wilden Schlachtruf in den Wind hinaus.

Die Einhörner ließen sich von ihrem Wettlauf weit in die umliegenden Gebirgsausläufer tragen, bevor sie auch nur ein wenig langsamer wurden. Ihr unverstelltes Vergnügen, ihre Freude an sich selbst durchfuhr auch Joey: In ihr wimmelte es nur so von Stimmen, hellem Lachen, Bildern, für die sie keine Worte hatte, und vor allem anderen Musik... die wilde, schelmische, beängstigende, unendlich tröstliche Musik Shei'rahs. *Ko hatte recht, es ist ihre Musik. Sie sind es selbst.*

Sie glitt von Touriqs Rücken, als dieser endlich stehenblieb, und lehnte sich an ihn, keuchend und kichernd. »Das war wundervoll«, brachte sie hervor. »Das war wundervoll.«

»Ich kann noch viel schneller laufen«, prahlte Touriq naiv. »Einmal bin ich einem ganzen Schwarm Perytone davongelaufen, als ich noch ganz klein war.«

Ängstlich blickte Joey in den Himmel auf. Touriq, der ihrem Blick folgte, sagte: »Die kommen nie, wenn wir alle so zusammen sind. Nur wenn du jung und ganz allein bist. Jedenfalls habe ich keine Angst vor denen.«

»Na, *ich* schon«, sagte Joey. »Ich fürchte mich vor so ziemlich allem hier, außer vor Ko und vor euch. Vor diesem zweiköpfigen Sonstwas, und diesen Dingern in den Bäumen, die mich fast geholt hätten, und diesem Jalla-Irgendwas im Wasser ...«

Touriq lachte. »Die Bach-Jalla? Wie kannst du dich vor einer albernen kleinen Bach-Jalla fürchten?« Rasch sah er sich um, stieß sie mit der Schulter an und sagte: »Komm, ich zeig' dir was.«

Die anderen jungen Einhörner waren wieder zum Grasen oder zu ihren meist spielerisch mit den Hörnern ausgetragenen Zweikämpfen zurückgekehrt, die sie schon beobachtet hatte. Andere lagen in der Sonne, mit offenen Augen – und die meisten zeigten wie Touriq die ersten Anzeichen aufkommender Blindheit –, regungslos, blieben absolut friedlich, bis selbst die Musik, ihr Lebensmotiv, schwieg. Joey wandte sich um und wollte Touriq folgen, als ihr plötzlich bewußt wurde, daß eines der Einhörner sie beobachtete.

Es war weiß, so weiß wie Gänseblümchen, und sein Horn blitzte wie Feuer in der Sonne, doch es waren seine ungewöhnlichen Augen, die Joey an ihrem Platz festbannten. Sie waren klar, ungetrübt, und es waren Indigos Augen. Sie tat einen Schritt in seine Richtung, doch er wich zurück und verschwand zwischen den anderen, machte sich so unsichtbar, daß sie sich nicht mehr sicher war, ob sie ihn überhaupt gesehen hatte.

Touriq führte sie hoch hinauf zwischen die Hügel, einen schattigen Pfad entlang, dem Rauschen von Wasser entgegen. Der Bach lag in tiefem Schatten, und rote Blätter trieben darin, dazu eine blaue Feder. Touriq trat an den Rand und stieß dreimal einen leisen, tremolierenden Ruf aus. Nichts geschah. Er rief noch einmal.

Ein plötzlicher Wirbel zu seinen Füßen, ein Platschen, und da war eine Bach-Jalla, die sich halb aufrecht am Ufer auf ihre Ellbogen stützte und sie mit dünnen, scharfen Zähnen anlachte. »Oje«, sagte sie. »Einer der Ältesten und eine Außerweltliche, welch Wunder.« Sie war kleiner als Joey, etwa so groß wie eine Zehnjährige: Sie war nackt, und ihre Haut zeigte im getupften Sonnenlicht einen blaugrünen Glanz. In einem runden, kindlichen Gesicht leuchteten diamantenförmige Augen – *von derselben Farbe wie ihre Haut* –, die Joey betrachteten, und zwar mit der Verschmitztheit einer Erwachsenen. Joey hätte einen Nixenschwanz erwartet, konnte aber nicht sehen, ob sie tatsächlich einen hatte. An den Händen der Bach-Jalla glitzerte es wie von Seifenblasen, und Joey sah, daß ihre langen Finger mit zarten Schwimmhäuten verbunden waren.

»Welch Wunder«, sagte die Bach-Jalla noch einmal. »Ich habe noch nie eine Außerweltliche gesehen. Komm näher, Kind.«

Joey warf Touriq einen Blick zu, dann trat sie an den steinigen Rand des Wassers und hockte sich hin, um auf einer Höhe mit den Diamantenaugen zu sein. Sie sagte: »Ich heiße Joey.«

Die Bach-Jalla gab ein Geräusch von sich, das dem Klirren von John Papas' Goldmünzen glich. »Das ist *mein* Name«, erwiderte sie und lachte erneut, als Joey sie nachzumachen versuchte. Sie sagte: »Komm und schwimm mit mir. Ich zeige dir, wie man kleine, gepunktete Fische fängt.«

Rasch schüttelte Joey den Kopf und sah überrascht, wie die Bach-Jalla den Blick ihrer seltsamen Augen senkte. »Ich tu' dir nichts«, sagte sie. »Wir Jallas brauchen einander als Gesellschaft, aber ich bin die einzige im ganzen Bach. Ich fühle mich einsam.«

»Tut mir leid«, sagte Joey. »Das ist wirklich traurig. Kannst du nicht einfach in einen anderen Bach oder Fluß umziehen?«

»Wir leben und sterben, wo wir geboren werden«, antwortete ihr die Bach-Jalla. »Ich suche mir, so gut es geht, Gefährten – Vögel, Wasserschlangen, sogar Älteste –, aber niemand will mit mir schwimmen, und ich kann nicht durch ihre Wälder laufen.« Sie hob keinen Schwanz, sondern einen Fuß aus dem Wasser, und Joey sah, daß er winzig, dreizehig und schmerzlich nutzlos war. Die Bach-Jalla sagte: »Das ist unsere Art der Verbundenheit: das Schwimmen.« Sie streckte eine Schwimmhand aus und legte sie auf Joeys Finger, so leicht, daß es sich wie der Kuß einer Seifenblase anfühlte.

Wieder sah Joey Touriq an. Das Einhornfohlen machte keine Anstalten, ihr etwas zu raten. *Ko hat gesagt, sie wären harmlos. Es sind die anderen, die einen fressen. Glaube ich.* Sie begann, ihre Kleider auszuziehen.

Das Wasser war genauso kalt, wie sie befürchtet hatte, und das Ufer fiel ziemlich rasch steil ab, Joey ging unter, kam keuchend wieder nach oben und sah sich hektisch nach der Bach-Jalla um. Von dieser war nichts zu sehen, bis eine Schwimmhand Joeys Knöchel packte, um sie wieder unter Wasser zu ziehen. Einen Moment geriet sie in Panik, trat um sich, schlug aufs Wasser ein – *mein Gott, ist die stark!* –, doch augenblicklich ließ die Hand sie los, und die Bach-Jalla war neben ihr, die Diamantenaugen strahlend vor Vergnügen. »Ja!« rief sie. »Genauso spielen wir. Jetzt du.«

Joey wollte schon sagen: »Jetzt ich *was*?«, doch die Bach-Jalla war wieder untergetaucht. In ihren Gedanken rief Touriq vom Ufer aus ganz aufgeregt: »Hinterher! Mach schon!« Joey suchte die Oberfläche ab, entdeckte fast zum Greifen nahe eine Spur von feinen Silberblasen und tauchte danach.

Blitzartig kam ihr die Bach-Jalla entgegen, ganz knorpelig und sehnig und glänzend, fast wie mit einem Schuppenkleid. Nie entkam sie ihr ganz, doch wand sie sich und taumelte durch Joeys Arme, gurgelte und schnurrte selig, drehte sich bisweilen in flinker, unwiderstehlicher Hast, daß Joey sich in ihrem eigenen Griff verfing und zum Grund hinuntergezogen wurde. Sie konnte viel länger unter Wasser bleiben als Joey, doch wenn diese ihr das geringste Zeichen gab, ließ sie los, und sie achtete stets darauf, daß sie mit ihrer Kraft und Schnelligkeit nicht Joeys Grenzen überschritt. Ohne Unterlaß planschten und kreischten sie zusammen, bis auf die stillen Momente, wenn sie einander unter Wasser suchten, und Touriq beobachtete sie vom Ufer aus, tat sich hin und wieder an dem dicken, gelben Moos gütlich, das dort zwischen den Steinen wuchs.

Joey hatte keine Vorstellung davon, wie lange sie mit der Bach-Jalla zusammen geschwommen war. Als sie zu erschöpft war, um weiterzuspielen, ließ sie sich einfach im flachen Wasser fallen und ruhte sich aus. Die Bach-Jalla lag neben ihr, lächelte, atmete nicht einmal schwer, streckte eine Hand aus, um erst Joeys Brust zu berühren und dann ihre eigene. »Jetzt sind wir Schwestern«, sagte sie.

Joey blinzelte. »Sind wir? Das ist gut. Ich wollte schon immer eine Schwester, und statt dessen habe ich nur diesen blöden kleinen Bruder Scott ...«

»Schwestern, du und ich«, wiederholte die Bach-Jalla. »Wenn du ein Problem hast, komm her und ruf nach mir.«

»Gut, das werde ich tun«, antwortete Joey. »Und wenn du mich brauchst ...« Sie hielt inne, erinnerte sich an die Füße der Bach-Jalla. »Na, wir sind Schwestern«, sagte sie. »Ich werde es einfach wissen.«

»Ja«, sagte die Bach-Jalla. »Auf Wiedersehen.« Noch einmal berührte sie Joey und dann sich selbst, anschließend tauchte sie wieder in tieferes Wasser ab, versank ohne jede Welle. Joey saß lange da und starrte aufs Wasser.

Sie hatte sich wieder angezogen und schüttelte noch ihr Haar trocken, als sie neben Touriq den Hügel hinabschritt. Sie näherten sich der Ebene, auf der die Einhörner um die Wette gelaufen waren, als Joey direkt vor ihnen das weiße Einhorn sah, das dort im Schatten eines großen Felsens stand. Selbst auf diese Entfernung erkannte sie seine Augen.

»Indigo!« rief sie. »Indigo, warte!« Das weiße Einhorn zögerte, tat sogar einen Schritt nach vorn, fuhr dann jedoch herum und war mit zwei Sprüngen außer Sicht. Joey wollte ihm schon etwas nachrufen, ließ es jedoch. Sie legte einen Arm um Touriqs Hals und sagte: »Junge, eins ist komisch hier in Shei'rah. Die Leute *verschwinden* einfach so.«

»Ich nicht«, sagte Touriq ernst. Joey lehnte ihren Kopf an seinen Kopf.

* * * * * * * Fünftes Kapitel * * * * * * * *

Sie wollte wahrlich noch am selben Tag nach Hause. Während Touriq gemächlich dem Abendrotwald entgegentrabte, dachte sie sich bereits leicht voneinander abweichende Geschichten aus, die sie ihrer Familie, ihren Lehrern, BeeBee Huang und Abuelita erzählen würde *– oh, ob ich Abuelita vielleicht erzählen kann, was wirklich geschehen ist?* –, für den Fall, daß man sie doch vermißt hatte. Nur verflog die Zeit hier mit derart schwer faßbarer Raffinesse, daß sich Joey meist fühlte, als wachte sie frühmorgens in ihrem dunklen Schlafzimmer auf, als blickte sie auf ihre Uhr und stellte mit unsagbarer Freude fest, daß sie noch die eine oder andere Stunde schlafen konnte, bis sie in die Schule mußte. Es waren die besten und seltsamsten Träume, die dann vorüberzogen, doch läutete der Wecker an einem solchen Morgen noch mit mehr Schadenfreude als sonst, und sie blieb für den Rest des Tages stets etwas orientierungslos. Ihre Zeit in Shei'rah war wie diese Morgenträume, und ein kleines Stück von ihr lauschte ständig nach dem Wecker.

»Eigentlich sollte ich Heimweh haben«, sagte sie zu Ko, »aber es ist wirklich schwierig, Heimweh zu bekommen, wenn man sich unsicher ist, ob man wach ist oder nicht.« Wie in den Träumen ließen sich ihre Tage in Shei'rah nicht in Stunden, Minuten und Sekunden aufteilen. Oft wanderte sie mit Ko und anderen Tirujai in den Wäldern umher. Der Satyr nannte sie noch immer »Tochter«, betrachtete sie als seinen persönlichen Schützling und als seine Schülerin in allem, was Shei'rah betraf. Seine zahllosen Vettern – sämtliche Tirujai schienen miteinander verwandt zu sein, wenn auch auf derart komplizierte Art und Weise, daß selbst Ko es aufgab, ihr alles zu erklären – akzeptierten Joey ohne jedes Zögern. Sie aß und genoß die Früchte, Beeren und Knollen, von denen sie sich ernährten, und kostete vorsichtig den schwarzen Saft, der aus allem gewonnen wurde, was gerade gärte. Die Jüngeren gebärdeten sich unter seiner Einwirkung manchmal etwas rüpelhaft, doch sehr schnell fühlte sich Joey in Gesellschaft eines jeden Satyrs ebenso sicher wie unter den Einhörnern selbst. Einmal sagte Ko voller Stolz zu ihr: »Wir Tirujai sind ein wenig wie die Ältesten. Wir sehen in alle Richtungen, vorwärts und zurück, hierhin und dorthin, nur nicht so weit.« Er hielt inne, und dann fügte er hinzu: »Außerdem sind wir nicht unsterblich. Ich glaube, das ist gut so. Denke ich.«

Oft verbrachte sie einen ganzen Morgen oder Nachmittag bei der Bach-Jalla. Sie schwammen stets gemeinsam, spielten unter Wasser Verstecken und dösten am Ufer im Sonnenschein, und der Wassergeist lehrte Joey – wie versprochen –, Fische mit bloßen Händen zu fangen. Die Bach-Jalla fand es höchst verblüffend, daß Joey sie nicht an Ort und Stelle aß, wie sie es tat, sondern sie ohne Ausnahme entkommen ließ, um sie voll Begeisterung erneut zu jagen. Am allerliebsten erzählte die Bach-Jalla nach dem Schwimmen lange, einschläfernd verschlungene Geschichten von großen Stürmen, Jagden,

Schlachten und Festen, die ihresgleichen von den weniger friedfertigen Fluß-Jallas hörte, und ebenso gerne lauschte sie Erzählungen über die seltsame, wilde Welt jenseits der Grenze. Es lag außerhalb ihrer Vorstellungskraft, wie man einen Computer benutzte, in einem Einkaufszentrum Besorgungen machte oder Immobilien verkaufte, dennoch hörte sie begeistert zu. Mit Brüdern hingegen kannte sie sich aus, und sie machte bezüglich Scott einige blutrünstige, nichtsdestoweniger faszinierende Vorschläge.

Doch die besten Tage in Shei'rah verstrichen in der Gesellschaft der Einhörner. Gewöhnlich schlief sie angewärmt und eingerollt zwischen Touriq und seiner Mutter Fireez, die, wie sie erfuhr, vom meergeborenen Einhornstamm kam, deren Mitglieder man Ki-Lins nannte. »Der Lord Sinti stammt vom Himmelsvolk ab«, erklärte ihr Fireez, »den Lanau. Die Karkadanns sind die Karkadanns, ganz Erde und Stein. Wir sind nicht von derselben Hand erschaffen, und doch gab man uns Shei'rah, um hier gemeinsam zu leben. Und das tun wir nun.«

Das dritte Einhorn, dem Joey zusammen mit Sinti und Fireez begegnet war – blaugrau, schlank, still und anmutig –, war Prinzessin Lisha, die Tochter des Lord Sinti. Sie sprach seltener als die anderen, sogar seltener als ihr Vater, doch von Anfang an hatte ihre Gegenwart etwas Tröstliches für Joey, obwohl sie nicht hätte sagen können, wieso. Oft spazierten sie vor dem Morgengrauen oder in Nächten, die zu gut dufteten, als daß man schlafen wollte, durch den Abendrotwald. Die Musik Shei'rahs klang im Sternenlicht stets näher und klarer, besonders in Gesellschaft eines Einhorns.

Einmal sagte sie im Zwielicht: »Ich verstehe das nicht. Ständig überschreitet ihr die Grenze. Ich meine, wenn ich ein Einhorn wäre, Junge, ich würde keinen Schritt aus Shei'rah hinaus setzen. Also in *meiner* Welt haben wir fast nur noch Smog und Kino und verhungernde Menschen, die im Fernsehen gezeigt werden. Und hier ist es wunderschön, selbst mit zweiköpfigen Schlangen und anderem Getier. Ich verstehe einfach nicht, wieso ihr euch für uns interessiert.«

Prinzessin Lisha lachte leise. Das Lachen der Ältesten war wie eine sanfte, warme Brise in Joeys Gedanken.

»Träume«, sagte sie. »Bei uns gibt es eine Legende, daß wir aus Shei'rah eure Welt erträumt hätten. Ich bezweifle das zwar, aber wir Ältesten verbringen mehr Zeit damit, an die Menschen zu denken und sie zu bestaunen, als du dir vorstellen kannst. Vielleicht ist Shei'rah nur deshalb an eure Welt gebunden, weil wir so grenzenlos fasziniert von euch sind. Ich kann es nicht erklären, aber so muß es sein. Warum sonst können wir die Gestalt von Menschen annehmen und nur diese? *Wir* sind auf ewig, was wir sind, unwandelbar – ihr seid alles auf einmal, Vergangenheit und Gegenwart und Zukunft, alles wild durcheinander. Ich bedaure euch sehr, ich könnte es nie ertragen, wie ihr zu sein, aber ich staune und staune über euch.«

Joey wollte etwas entgegnen, änderte jedoch dreimal ihre Meinung und brachte schließlich murmelnd hervor: »Für euch ist es nicht so schlimm, blind zu sein, oder? Ich meine, ihr kommt doch gut zurecht ... keiner würde es merken, wenn da nicht dieses Zeug an euren Augen wäre.«

»Von einem Ort zum anderen zu gelangen, ohne gegen einen Baum zu laufen, ist nicht alles«, erwiderte Prinzessin Lisha still. »Es schwächt uns, auf ewig unter Schatten zu leben. Wir sind in gewisser Weise schlichtere Wesen als die Menschen. Wir sind dafür gemacht, die Welt um uns zu *sehen*, sie tief und nah zu sehen, nicht, sie uns vorzustellen, nicht, sie zu belauschen, nicht, sie in Gedanken nachzuvollziehen. Ihr habt gelernt, mit vielerlei Blindheit zu leben, glaube ich, und ihr bleibt dennoch ihr selbst. Solches Glück haben wir nicht, wir Ältesten.« Sie schwieg eine Weile, bevor sie fortfuhr: »Aber der Lord Sinti besitzt heilende Kräfte und wird sicher eine Möglichkeit finden, unser Augenlicht wiederherzustellen. Wir können warten.«

Unmerklich hatte der Himmel ein blasses, durchscheinendes Grün angenommen, wie er es in Shei'rah kurz vor Sonnenaufgang stets tat. Joey sagte: »Ich habe diesen Jungen kennengelernt – diesen Ältesten, meine ich –, jedenfalls heißt er Indigo. Weißt du, äh ... kennst du ihn?«

»Ich kenne Indigo.« Die Prinzessin sah Joey mit blinden, juwelenbesetzten Augen an, die nichts verrieten.

Joey eilte voran. »Ja, na ja, ich nicht. Ich meine, ich weiß, daß er einer der Ältesten ist, nur habe ich ihn in, na ja, menschlicher Gestalt kennengelernt, weil er die Grenze oft überschreitet, denn er ist wirklich *fasziniert* von meiner Welt, und das ist absolut alles, was ich weiß, abgesehen davon, daß er mich vor diesen Viechern, diesen Criyaqui, gerettet hat. Nicht daß du denkst, ich *mag* ihn oder so – ich wollte mich nur bei ihm bedanken, das ist alles.«

Bedächtig sagte Lisha: »Indigo schätzt es nicht, wenn man ihm dankt. Indigo schätzt überhaupt wenig.«

»Erzähl mir davon«, sagte Joey. »Soweit ich weiß, gefällt ihm nur Woodmont in Kalifornien, und das ist verrückt.« Sie zögerte. »Passiert das hier manchmal? Ich meine, du weißt schon, daß ein Ältester verrückt wird oder so?«

Wieder lachte die Prinzessin. »Ein solches Wort besitzen wir nicht, aber ich verstehe, was du damit sagen willst. Nein, so ist Indigo nicht. Aber er war auch noch nie wie die meisten von uns. Ihm fehlt die Gabe der Zufriedenheit – er hat keine Leichtigkeit in sich, keinen Frieden mit den Dingen, so wie sie sind. Ich weiß nicht, ob das gut ist oder schlecht oder keins von beidem, aber es macht ihm das Leben in Shei'rah sehr schwer.«

»Aber das verstehe ich immer noch nicht«, sagte Joey. »Ich würde sofort mit ihm tauschen. Das würde ich.«

Während sie sich auf ihrem Spaziergang so unterhielten, hatten sie, ohne es recht zu bemerken, den Abendrotwald verlassen und befanden sich schon weit draußen in der Ebene, wo sonst die jungen Einhörner tollten. Joey hatte eben sagen wollen: »Na ja, da ist natürlich noch Abuelita, meine Großmutter«, als sich der Morgenhimmel verdunkelte und das eisige Schnattern begann.

Joey hielt sich mit beiden Händen an Prinzessin Lishas Mähne fest, um nicht vor Entsetzen in die Knie zu gehen. Die Perytone hatten den Sonnenaufgang im Rücken, der ihre schwärmenden Massen rotgold umrahmte, als sie herabstürzten. Gelassen wie immer drehte Lisha den Kopf und schickte einen flüchtigen Blick zum Abendrotwald. Ihre Stimme erklang in Joeys Gedanken. »Wir können uns nicht mehr in Sicherheit bringen. Ich muß hierbleiben und ihnen die Stirn bieten. Laß mich los, meine Kleine, aber bleib in meiner Nähe. Sie müssen sehr hungrig sein.«

Die Perytone sahen aus wie Hirsche. Sie waren nicht größer als Hauskatzen, mit dunklen, spitz zulaufenden Flügeln wie Seevögel, doch ihre Leiber waren die gewöhnlicher Hirsche, bis hin zu den zierlichen Hufen und Miniaturgeweihen der Männchen. Der einzige Unterschied, abgesehen von der Größe, lag darin, daß sie nach verwesendem Fleisch rochen und aus ihren sanften, weichen Mündern scharfe Zähne ragten, die zu groß für sie waren. Joey merkte, als sie neben Prinzessin Lisha kauerte, daß dieses schreckliche Schnattern der Perytone nichts weiter als das Klappern ihrer Zähne war, die sich auf ewig aneinander schärften.

Lisha bäumte sich auf, um dem Ansturm zu begegnen. Ihr herausforderndes Brüllen erstaunte und erschreckte Joey, die noch nie den Schlachtruf eines erbosten Ältesten gehört hatte. Ihr Horn blitzte nach links und rechts in die Vorhut der Angreifer, zerstreute sie und holte drei davon vom Himmel, die nun zähneknirschend und sich windend zwischen den wilden Blumen lagen. Die Perytone drehten einen Augenblick lang ungeordnet ab, dann schloß sich die Wunde in ihren Reihen mit widerlicher Präzision, und sie flogen geschlossen ihre Kurve, zogen die zarten Beinchen an die Leiber heran und stürzten sich wieder auf Joey und das Einhorn.

Die folgenden Sekunden oder Minuten oder Stunden blieben für Joey stets ein nicht enden wollender Alptraum aus Möwenflügeln, die ihr wild an den Kopf schlugen, übervollen gelben Kiefern, die nur Zentimeter von ihrem Gesicht entfernt zuschnappten, und den entsetzlichen, leisen Todesschreien, die jedem donnernden Schlachtruf der Prinzessin Lisha folgten. Blind oder nicht, sie hielt den Perytonen stand, sprang ihnen immer und immer wieder entgegen, während ihr Horn einen todbringenden Kreis der Zuflucht um Joey herum schuf. Jedesmal, wenn sie zuschlug, oftmals zu schnell, als daß Joey es hätte sehen können, fiel wieder eine Handvoll dieser fliegenden Hirschtiere zerschmettert neben ihr nieder, aber es kamen immer mehr. Lisha schien unermüdlich, doch Joey sah, daß sie aus einer Reihe kleiner, häßlicher Wunden an Hals, Schultern und Flanken blutete. Joey hörte die kühle Stimme sagen: »Vielleicht solltest du doch zu den Bäumen laufen, meine Kleine. So habe ich sie noch nie erlebt.«

»Ich gehe nicht«, schluchzte Joey. »Niemals, ich lass' dich

nicht allein.« Ein Peryton glitt durch Prinzessin Lishas wirbelnde Deckung hindurch und wollte sich sogleich über Joeys Augen hermachen. Einen Augenblick lang sah Joey seine hübschen, braunen Augen, blutunterlaufen und glasig vor verzweifelter Gier, bis das Horn ihn beinah in zwei Teile schnitt und zur Seite warf. Das Einhorn sagte: »Ich kann dich vor den meisten schützen, wenn du jetzt gehst. Halte deinen Kopf unten und achte darauf, wohin du trittst. Du stolperst nur, wenn du dich umsiehst.«

Später fragte sich Joey oft, ob sie sich wohl der Prinzessin gefügt und sie allein gelassen hätte, und sie zog einigen Trost aus dem Umstand, daß sie noch keinen einzigen Schritt zur Flucht unternommen hatte, als sie hinter sich ein markerschütterndes Brüllen hörte. Ein großer Karkadann brach zwischen den Bäumen des Abendrotwaldes hervor, und die Erde bebte unter seinen Hufen, als er sich in die Schlacht stürzte. Seine roten Flanken flammten in der Morgensonne auf, er hatte Schaum vor dem Mund, und in seiner überwältigenden Blindheit sah er eher aus wie eine herrenlose Lokomotive als wie ein Einhorn.

Die Perytone sahen ihn kommen. Ein Wesen, ein Bewußtsein oder nicht, stiegen sie doch in einem mächtigen Wirbel der Verwirrung auf. Die eine Hälfte schien ihr Heil in der Flucht suchen zu wollen, während die andere offenbar zu ausgehungert war, als daß sie einem anderen Ratschlag als dem ihres Magens folgen konnte. Der Karkadann war schon mitten unter ihnen, und während sie noch schwankten, ragte er zwischen ihnen und der Prinzessin auf, mähte sie gnadenlos mit einem Horn nieder, das doppelt so lang war wie Lishas. Sie ertrugen es einen grauenvollen Moment lang, dann gaben sie sich geschlagen und flohen kreischend vor den beiden Einhörnern, die sie ein wenig verfolgten, bis sie stehenblieben und sich umwandten. Als sie Joey entgegentrotteten, rieben sie sich liebevoll aneinander, und Joey sah, daß der Karkadann, wenn er nicht gerade Lishas Wunden beschnupperte und leckte, in unbeholfenen Zickzackschritten um sie herum tanzte und wie ein kleiner Ziegenbock die Hufe schwang.

»Das ist Tamirao«, sagte Prinzessin Lisha fast scheu. Der Karkadann neigte den Kopf vor Joey, berührte leicht ihre Schulter mit seinem mächtigen Horn. Er hatte fliederfarbene Augen.

Joeys Armbanduhr war stehengeblieben, als sie die Grenze überschritten hatte, und obwohl sie schnell lernte, die Uhrzeit ziemlich genau am Stand der Sonne oder des Mondes festzumachen, oder am Geschmack der Luft, verlor diese Kunstfertigkeit rasch wieder an Bedeutung. Sie aß Früchte und Beeren, wenn sie hungrig war, schlief auf weichem Gras, wenn sie müde war, spielte mit Touriq und seinen Freunden, wenn sie Lust dazu hatte, suchte Schutz in den Höhlen der Satyrn, wenn es regnete, und brachte der Bach-Jalla bei, »Yellow Submarine« zu singen. Manchmal saß sie einen ganzen Tag oder eine ganze Nacht unter einem Baum, so bewegungslos wie einer der Ältesten, lauschte der Musik Shei'rahs. Sie versuchte nicht mehr, in ihre Nähe zu kommen oder ihre wahre Beziehung zu den Einhörnern zu verstehen, die in irgendeiner Weise die Quelle dieser Musik waren. Sie saß einfach nur da und lauschte den ganzen Tag, summte leise vor sich hin.

Ihre allerliebste Beschäftigung war es, Prinzessin Lisha und Tamirao zuzuschauen. Der mächtige Karkadann war ein schweigsames, schwerfälliges Wesen, wie alle seiner Art, doch durch seine Hingabe an Lisha wirkte er in Joeys Augen fast so still und anmutig wie sie. Wenn sie die beiden zu später Stunde gemeinsam im Abendrotwald sah oder einen von der Morgenröte eingefärbten Wasserfall betrachtete, der von einer Klippe bis fast vor ihre Füße stürzte, fühlte sie, wie sich die Freude darüber in ihr spiegelte. Oft lud Lisha sie ein, ihnen Gesellschaft zu leisten, doch Joey war stets zu scheu, um darauf einzugehen.

Den Lord Sinti traf sie immer dann, wenn sie am wenigsten damit rechnete. Nie hörte oder sah sie ihn, und da ging er schon an ihrer Seite, manchmal freundlich und – für Sintis Verhältnisse – gesprächig, dann wieder so fern, so abgeschlossen, so ruhig, daß sie sich albern vorkam und sich ein wenig fürchtete, unfähig, sich vorzustellen, wieso er ihre Gesellschaft suchen mochte. Dennoch gab es Momente, in denen sie ihn plötzlich in ihren Gedanken hörte, obwohl er nirgendwo zu sehen war, wenn er sie vor einem sich nähernden Schwarm Perytone oder einem Jakhao warnte, der als Einzelgänger durch den Abendrotwald streunte. Einmal, als sie auf dem Bauch an einem kleinen, schattigen Teich lag, Kleebattstengel kaute, das kalte, klare Wasser trank und an gar nichts dachte, sah sie sein windzerzaustes Spiegelbild neben ihrem Gesicht und war sich sicher, daß sie ihn sagen hörte: »Hilf mir, Josephine Rivera.« Doch als sie sich aufsetzte und umwandte, zeugte nur die Musik davon, daß er dagewesen war.

Mehrmals sah sie Indigo aus der Ferne, stets in Einhorngestalt, doch hatte sie nur einmal Gelegenheit, mit ihm zu sprechen. Ko hatte sie bald nach ihrer Ankunft in Shei'rah in ein Bergdorf mitgenommen, schmucklos bis zur Kärglichkeit, in das Joey sich sogleich verliebt hatte. Der Aufstieg war steil, doch nahm sie ihn oft auf sich, um dort oben zwischen einer Ansammlung von mächtigen Steinen Platz zu nehmen, die einen überraschend bequemen Sitz bildeten, und von dort aus die Rücken rauchfarbener Vögel zu betrachten, die geflügelten Fischen glichen und stundenlang an einer Stelle stehen konnten. In der allgegenwärtigen Sattheit Shei'rahs erfüllte es sie mit Zufriedenheit, daß es einen Ort gab, an dem man nur Himmel und Steine sehen konnte und einen Fluß, der tief unter ihr glitzerte. Ko hatte ihr wiederholt eingeschärft, sie solle sich wegen der Fluß-Jallas, die dort lauerten, von ihm fernhalten, und Joey hatte sich ihm in treuem Glauben gefügt, bis sie eines Nachmittags den weißen Ältesten am Flußufer stehen sah.

Augenblicklich kletterte sie die Felsen hinab, schürfte sich Hände und Knie auf, ohne es zu beachten. Die Entfernung war zu groß, um ein weißes Einhorn vom anderen zu unterscheiden, doch sagte sie im Abstieg zu sich selbst: »Wenn er es ist, merke ich es daran, daß er sofort davonläuft, wenn er mich sieht. Daran erkennt man Indigo.«

Es war Indigo, doch er lief nicht davon. Er stand da und starrte in den träge dahinfließenden Fluß, noch schmal hier in dieser Höhe, doch bereits jetzt tief und seltsam finster, sogar im grellen Sonnenlicht. Joey näherte sich ihm zaghaft, blieb wie angewurzelt stehen, als der geschmeidige, goldene Kopf und die kräftigen Schultern aus einem Strudel nahe des Ufers auftauchten. Das Gesicht der Fluß-Jalla war erstaunlich liebreizend, mit ihren riesigen Augen, ihrer Haut so samten wie die eines Schmetterlings und einem breiten, zarten Mund, der so perfekt geformt war, daß Joey staunend ihr eigenes Gesicht mit den Händen bedeckte. Sie hörte, daß Indigo etwas sagte und dann ihre Antwort, die leise und amüsiert und liebenswert, aber auch gierig übers Wasser perlte. Die Fluß-Jalla wandte den Kopf und sah Joey an.

Ihre Blicke begegneten sich nur wenige Sekunden, und dann mußte Joey sich wieder vor dem verschließen, was sie in den Augen der Fluß-Jalla sah, jetzt und für alle Ewigkeit. Wieder hörte sie das amüsierte Lachen und Indigos Stimme, die plötzlich einen harschen Tonfall angenommen hatte. Und sie schlug die Augen gerade noch rechtzeitig auf, um das letzte höhnische Blitzen eines fischzahnigen Lächelns zu sehen, ehe die Fluß-Jalla verschwand, ohne auch nur die kleinste Welle zu hinterlassen, die sie hätte verraten können. Joey blieb stehen, wo sie war, und zitterte, bis Indigo, ohne sie anzusehen, sagte: »Heute taucht sie nicht mehr auf. Komm her.«

Aus der Nähe erkannte sie an der Schlankheit seiner langen Beine und dem vergleichsweise groben Fell, daß er zu den Lanau gehörte, den luftgeborenen Einhörnern, wie Sinti und Prinzessin Lisha. Langsam trat Joey näher, achtete darauf, daß er zwischen ihr und dem Flußufer blieb, für alle Fälle. Sie sagte: »Das war die schönste Frau, die ich je gesehen habe. In meinem ganzen Leben habe ich mich noch nie so sehr gefürchtet.«

Indigo antwortete nicht. Joey sagte: »Übrigens. Danke, daß du mir das Leben gerettet hast.«

»Eben habe ich es wieder getan«, gab Indigo zurück. »Eine Fluß-Jalla ist an Land sehr viel schneller als deine kleine Bach-Jalla-Freundin. Ist sich Ko eigentlich im klaren darüber, wie dumm du bist?«

Augenblicklich wurde Joey puterrot: »Ich weiß, daß ich nicht an einen Fluß gehen darf! Ich bin nur hier herunter gekommen, weil ich mit dir sprechen wollte! Was hast du eigentlich gegen mich?«

»Du gehörst nicht hierher.« Indigos Stimme blieb in ihren Gedanken tonlos und unnachgiebig. »Du hast in Shei'rah absolut nichts verloren.«

»Ach, aber du gehörst in meine Welt?« Jetzt schrie Joey, als wäre er ihr Bruder. »Wieso zum Teufel rennst du in Woodmont, Kalifornien, herum und versuchst, dein Horn gegen Gold einzutauschen?« Sie hielt inne, als sie ihre eigenen Worte hörte. »Ach, *das* war es«, flüsterte sie langsam. »Es war wirklich dein Horn, das du Mr. Papas gezeigt hast.«

Abrupt wandte sich Indigo vom Fluß ab und begann, den steinigen Hang zu erklimmen, während Joey plappernd an seinen Hufen hing. »Es war deins, oder? Einhörner sterben nicht, also muß es dein eigenes gewesen sein. Habe ich recht? Ich weiß, daß ich recht habe.«

Das weiße Einhorn lief ihr voraus, bis sie es buchstäblich an einem Felsen, der doppelt so groß war wie Joey, in die Enge getrieben hatte. Indigo hätte ihn leicht überwinden können, und sie hätte sich hoffnungslos abmühen müssen. Statt dessen drehte er sich zu ihr um, die tiefblauen Augen groß und trotzig. »Und wenn es so wäre?«

Joey starrte ihn an. »Aber das *kannst* du doch nicht tun! Ohne dein Horn kannst du die Grenze nicht mehr überschreiten, und wenn du nicht mehr zurück nach Shei'rah gehen kannst, dann mußt du sterben! Sinti hat es mir erzählt!«

»Ach, natürlich«, sagte Indigo. »Der gelehrte Lord Sinti, unser aller Meister, Führer und Berater der Außerweltlichen. Sinti, der Noble, der Allwissende, der Geheimnisvolle. Sinti, der Lügner.«

»Was redest du denn da?« Es hatte höhnisch und verächtlich klingen sollen, doch irgend etwas in Indigos Haltung machte sie heiser und ließ sie stammeln. »Sinti ist kein Lügner!«

»Sinti und alle anderen auch«, sagte Indigo ausdruckslos. »Fireez, Lisha und alle großen Ältesten. Alles Lügner.«

»Gut«, sagte Joey. »Gut.« Sie war entschlossen, sich zu beherrschen. »Reden wir übers Lügen. Du hast doch Mr. Papas gesagt, du bräuchtest Gold, weil du so viel umherreist. Du bist ein Einhorn, du lebst in Shei'rah . . . was willst du mit Gold, mit

Reisen? Ich meine, um Himmels willen, du bist doch schon *hier*!«

Lange starrte Indigo sie an, während Joey zu dem merkwürdigen Schluß kam, daß er genau wie die parfümierte Badeseife in Fischform roch, die sie als kleines Kind so sehr geliebt hatte. Dann bäumte er sich auf, so plötzlich, daß sie erschrocken zurückwich, und dieses Mal sprang er über den Felsen, wobei seine Hufe diesen ganz leicht streiften, mit einem Geräusch so sanft wie das Knistern von Haar, wenn es gebürstet wird. Joey versuchte nicht, ihm zu folgen. Langsam und schwitzend kletterte sie auf ihren steinernen Sessel zurück und betrachtete lange den Fluß, überlegte, ob sich die Fluß-Jalla wohl noch einmal zeigen würde, und fürchtete sich ein wenig davor.

Die kleinen, drachengleichen Wesen, die Shendi, faszinierten sie unglaublich, und sie verbrachte ein gut Teil ihrer Zeit damit, im hohen Gras zu liegen und eine ganz bestimmte Familie zu beobachten, die eine flache Höhle nicht weit von der Stelle bewohnte, an der sie den zweiköpfigen Jakhao gesehen hatte. Die Eltern ignorierten sie entweder oder stürmten ihr entgegen, wobei sie sich wie wild gewordene Teekessel anhörten; doch die Kinder waren so neugierig wie sie, und eines frühen Morgens hatte sich Joey mit angehaltenem Atem nah genug an eines von ihnen herangeschlichen, um seine schmalen, hornigen Lippen, die grün wie Gras waren, und die weiß-goldenen Pupillen seiner Augen erkennen zu können, als ein Rascheln hinter ihr es in den winzigen Schatten seiner Mutter huschen ließ.

Als sie sich eher verärgert als ängstlich umwandte, sah sie Ko.

»Es wird Zeit«, sagte der Satyr. Joey blinzelte, verstand nicht. Ko sagte: »Wenn du noch länger in dieser Welt bleibst, wird auch in deiner eigenen Welt Zeit vergangen sein. Der Lord Sinti hat mir befohlen, dich zur Grenze zu geleiten.«

»Oh. Stimmt. Ja.« Ziellos sah Joey sich um, fühlte sich plötzlich so orientierungslos und voller Zweifel wie damals, als sie Shei'rah betreten hatte. Sie sagte: »Ich muß mich noch von einigen Leuten verabschieden. Von der Bach-Jalla, Fireez, Lisha, Touriq, allen Ältesten ...«

Ko schüttelte den Kopf. »Dafür wird keine Zeit mehr sein. Denk daran, wie lang die Reise dauert.« Als er sah, daß ihre Augen vor unvergossenen Tränen ganz groß wurden, fügte er sanft hinzu. »Tochter, die Ältesten werden uns bis zur Grenze begleiten, so wie sie uns aufmerksam gefolgt sind, als du herübergekommen bist. Nur verstehen sie kein Lebewohl. Keiner von uns hier versteht es, höchstens meinesgleichen, und die auch nur vielleicht.« Er nahm sie bei der Hand, lächelte das sorglos schiefe Lächeln der Tirujai. »So ist Shei'rah nun mal«, sagte er. »Komm jetzt.«

Der Weg schien erheblich kürzer als zuvor, obwohl die Sonne bereits untergegangen war, als sie in ein schmales, schattiges Tal hinabstiegen und Joey zum ersten Mal die Grenze sah. Im letzten Licht erschien sie ihr wie ein helles, flüchtiges Kräuseln der Luft: eine Art Zerrspiegel, der alles Land jenseits davon in heimtückische Schatten und wehenden Schnee verwandelte. Joey sagte: »Hier war es nicht. Was ist, wenn ich am Ende in New York oder sonstwo lande?«

Ko klopfte ihr beruhigend auf die Schulter. »Das wird nicht passieren.«

»Du bist noch nie selbst rübergegangen ... woher weißt *du*, wo ich am Ende rauskomme?« Plötzlich hatte sie das Gefühl, daß sie kurz davor war, in Panik auszubrechen.

Ko blieb gelassen. »Die Grenze ist die Grenze. Du trittst da heraus, wo du hereingekommen bist, Tochter. Darauf gebe ich dir das Wort des Lord Sinti.«

»Na ja«, meinte Joey. »Wenn *Sinti* es sagt.« Sie betonte den Namen des schwarzen Einhorns, sah für einen Moment den verletzten Ausdruck in Kos zottigem Gesicht, den er ebenso rasch wieder verbarg, und stolperte zu ihm hin, um ihn zu umarmen. »Es tut mir leid, es tut mir leid«, murmelte sie. »Mir ist nur so... ich weiß nicht, ich fühl mich nicht gut. Ich hasse das.«

Das Haar des Satyrs roch ungewaschen und nach Wild und wunderbar. Er sagte: »Dann komm wieder. Die Grenze wird da sein. Shei'rah wird noch da sein. Komm zu uns zurück, wann immer du willst.«

»Aber es *bewegt* sich«, schniefte Joey. »Sinti hat es mir gesagt. Shei'rah *bewegt* sich die ganze Zeit. Wahrscheinlich werde ich es nie mehr wiederfinden.«

Ko hielt sie ein Stück von sich weg und zwinkerte ihr feierlich zu. »Ich glaube, Tochter – allerdings sage ich nur, ich glaube –, daß Shei'rah eine Weile auf dich warten wird. Wir werden uns bald wiedersehen.« Er deutete auf einen schläfrig vollen Mond, der gerade zwischen den Bäumen emporschwebte. »*Der* allerdings wird nicht warten. Geh jetzt.« Noch einmal umarmte er sie, dann drehte er sie um, nahm sie bei den Schultern und schubste sie sanft hinein in das neblige Leuchten, das die Welt der Einhörner, Satyrn und Fünfzehn-Zentimeter-Drachen von der Welt trennte, in welche sie gehörte. Joey rieb sich die Augen, wollte sich schon umsehen, tat es nicht, hörte ein letztes, keckes, herzzerreißendes Aufflackern der geliebten Musik, die verstummt gewesen war, nachdem sie sich mit Ko zur Grenze aufgemacht hatte, und begann, den Hang in ihren Wanderstiefeln hinabzusteigen, die sich nun wie eiserne Ketten anfühlten, trottete müde, doch ohne Zögern direkt durch den prickelnden Schimmer...

... und beinahe gegen einen Briefkasten an der Ecke Alomar und Valencia, zwei Blocks von ihrem Haus entfernt. Sie hielt sich daran fest, benommen und verwirrt, gaffte leeren Blickes in die Runde. Die Nacht war so dunkel wie damals, als sie diese Straße entlang der Musik nachgelaufen war, und derselbe Halbmond – nicht der Mond von Shei'rah – stand niedrig im Osten. Wiederholt schüttelte Joey den Kopf, schluckte fest, wartete, ob ihr übel werden würde und verbarg ihr Gesicht am Briefkasten, für den Fall, daß ein Passant gesehen hatte, wie sie aus dem Nichts hervorgetreten war. Schließlich holte sie tief Luft, richtete sich bebend auf und machte sich auf den Heimweg.

Zu Hause wachte niemand auf, als sie auf Zehenspitzen die Treppe erklomm. Sie sank aufs Bett, noch in ihrem »Northern Exposure«-T-Shirt, und träumte von winzigen Drachen und den diamantenförmigen Augen der Bach-Jalla.

Sechstes Kapitel

Der einzige Mensch, dem sie davon erzählte, war John Papas. Am späten Nachmittag des nächsten Tages war sie im Laden, sortierte sorgsam Geigensaiten in einem Karton, wie er es ihr aufgetragen hatte, als sie aufblickte und ihn mit hängenden Schultern am Fenster stehen sah, durch das er auf die Straße starrte. »Dumm«, brummte er, viel mehr an sich selbst als an sie gerichtet. »Hast es verloren, dummer Papas.«

Joey wollte gerade sagen: »Er wird schon wiederkommen«, doch dann biß sie sich auf die Zunge. Einer plötzlichen Eingebung folgend, legte sie die Geigensaiten beiseite und ging zu einem der wenigen elektrischen Klaviere hinüber, die John Papas am Lager hatte. Sie sagte: »Mr. Papas, hören Sie mal kurz zu« und begann, aus der Erinnerung eine der Melodien zu spielen, die sie bei Einbruch der Dunkelheit im Abendrotwald am häufigsten gehört hatte.

Das Arrangement war nur so dahin geworfen und stolperte ein wenig. Sie spielte es in der linken Hand beschämend dürftig, da sie nur erraten konnte, welche Harmonien aus Woodmont zu den Weisen und Rhythmen Shei'rahs passen mochten.

Sie improvisierte fast die ganze Zeit, wobei ihre Hände beharrlich der Musik nachtapsten, an die sich ihr Herz erinnerte. *Das ist ganz falsch, falsch, das ist Mist, du solltest dich was schämen.* Dennoch nahm die unbeholfene Suche sie derartig gefangen, daß sie kein Gefühl mehr hatte, wie lange sie eigentlich schon spielte. Sie hörte erst auf, als sie die Augen aufschlug und sah, daß John Papas still vor sich hin weinte.

Die Tränen von Erwachsenen waren Joey unendlich peinlich. Rasch stand sie auf und ging wieder an die Arbeit. Mit einem Kloß im Hals sagte John Papas: »Laß die Saiten, laß sie. Es wird Zeit, deine Sachen aufzuschreiben, Kindchen. Ich weiß nicht, woher du sie hast, aber wir müssen anfangen, sie aufzuschreiben. Heute ist – was? – Freitag. Wenn du morgen kommst, habe ich keine Reparaturen ...«

»Das ist nicht von mir, Mr. Papas«, sagte Joey. »Also, vielleicht ist es schon von mir, vielleicht ist es zum Teil von mir. Aber es ist wie die Musik, die dieser Junge Indigo gespielt hat, als er Ihnen dieses Horn verkaufen wollte.« John Papas' Miene wurde ganz ausdruckslos und seltsam argwöhnisch. Joey sagte: »Es kommt von diesem anderen Ort ... oder vielmehr aus dieser anderen Welt. Ein Land namens Shei'rah.«

John Papas lauschte dem, was sie ihm zu erzählen hatte, ohne sie zu unterbrechen oder seine Haltung zu verändern. Als sie geendet hatte, brummte er und wandte sich ab, um sich eine alte Ventilposaune anzusehen, die am Morgen zur Reparatur gebracht worden war. Über die Schulter hinweg bemerkte er: »Ziemlich teurer Film, dein Traum, Josephine Angelina Rivera. Tausende von Statisten, die ganzen Spezialeffekte, wie heißt dein Regisseur? Du sagst mir Bescheid, wenn er in die Kinos kommt, ja?«

Joey hatte nicht erwartet, daß John Papas ihrem Bericht von

Einhörnern, Satyrn und fleischfressenden Flughirschen sofort und unbesehen Glauben schenken würde, doch ebensowenig hatte sie mit einer derart gleichgültigen und hämischen Abfuhr gerechnet. Empört rief sie mit lauter Stimme: »Es war kein Traum! Du meinst, ich wüßte nicht, wenn ich etwas geträumt habe? Ich war da, tagelang, wochenlang ... ich war *da*!«

John Papas murmelte etwas, was sie nicht verstehen konnte, beugte sich über die Posaune, wandte ihr den Rücken zu. Da schwappte eine Welle des Ärgers über Joey hinweg, und sie schrie ihn an: »Und Sie wissen, daß es stimmt! Sie wissen, woher diese Musik kommt, weil Sie Indigo schon kannten! Ich habe gleich gemerkt, daß Sie ihn kennen!«

Langsam drehte sich John Papas zu ihr um. Er war ganz blaß, was seine schwarzen Augen größer als sonst erscheinen ließ, sie konnte sehen, wie die Haut unter seinem linken Auge zuckte. Leise sagte er: »Ich habe ihn an der Grenze getroffen.«

Das plötzliche Geständnis raubte Joey die Sprache. »Die Grenze«, stammelte sie. »Sie haben die Grenze überschritten, Sie waren da? Sie waren in Shei'rah?«

John Papas schüttelte den Kopf, lächelte tatsächlich ein wenig. »Nein. Es war Zufall. Ich habe deine Grenze gefunden ... weißt du, wo ich sie gefunden habe? Am Ende vom Block, gleich gegenüber von Provotakis' Laden. Genau gegenüber, eines Abends, vor etwa einem Jahr. Die Grenze.«

»Sie bewegt sich«, sagte Joey. »Ich habe sie nicht mal bemerkt, nicht wirklich. Ich bin nur der Musik gefolgt.«

»Der Musik gefolgt.« John Papas' Lächeln verbreiterte sich ein wenig, was aber eher so wirkte, als ob er gequält das Gesicht verziehen würde. »Ich ... ich habe keine Musik gehört. Wenn du sie spielst, wenn *er* spielt, höre ich sie gut. Ansonsten kann ich sie nicht hören, nicht auf der anderen Straßenseite, nicht auf der anderen Seite der Grenze.« Er schnaubte harsch und zupfte an seinem Schnauzbart. »Ich habe mit Provotakis Ouzo getrunken, das machen wir manchmal. Trinken, über alles mögliche reden. Dann sperrt er also zu, es ist ein oder zwei Uhr in der Früh. Ich bin mit Ouzo voll, ich komm' nach draußen, da ist sie. Genau da. Praktisch direkt vor meiner Nase, sieht aus wie – was? – wie Regen. Wie eine Art elektrischer Regen.«

Joey sagte: »Aber Sie sind nicht rübergegangen?«

»Ich bin kein Kind«, sagte John Papas. »Nur ein betrunkener alter Mann. Ich stehe da und sehe mir's an, mehr nicht, versuche zu verstehen, was ich da sehe. Nur kann ich nicht auf die andere Seite sehen, nicht ganz. Und dann. Dann das weiße Einhorn.«

»Indigo«, stöhnte Joey. John Papas schien sie nicht gehört zu haben. Er sagte: »Weiß wie Salz, weiß wie Knochen. Stand direkt an der Grenze, die Vorderhufe klapperten schon auf der Straße in Woodmont, die Hinterhufe ... Hinterhufe, wer weiß wo? Und er schaut mich an. Du weißt, wie das ist, wenn er einen anschaut.«

»Ich weiß«, sagte Joey. »Ich weiß.«

»Er hat mich gesehen«, sagte John Papas. »Ich selbst bin mir nicht sicher, ob ich *ihn* gesehen habe, aber er hat *mich* gesehen. Und wir reden.« Plötzlich lachte er aus vollem Herzen. »Ich, der alte Papas, der einen Ouzo zuviel hatte, redet die ganze Nacht mit einem weißen Einhorn. Was hältst du davon, Josephine Angelina Rivera?«

»Worüber habt ihr geredet?« wollte Joey wissen. »Was hat das Einhorn Ihnen erzählt?«

John Papas breitete die Arme aus. »Hat fast nur gefragt. Die ganze Nacht, hat Fragen zu dieser Welt gestellt ... Leute, Länder, Sprachen, Geschichte, Geld. O ja, besonders Geld.« Er rieb sich die Stirn und zuckte bei der Erinnerung zusammen. »Als ich am nächsten Morgen aufwache, bringt mein Kopf mich um. Ich denke, es war ein Traum. Ein Einhorn in Los Angeles, vom Ouzo bekommt man solche Träume, weißt du? Und dann spaziert *er* in den Laden. Auf zwei Beinen kommt er herein, aber ich wußte es.«

Plötzlich waren seine Augen wieder voller Tränen, doch gleichzeitig wackelte er unfreiwillig komisch mit dem Kopf. »Er will hier leben, kannst du das glauben? Will endgültig übersiedeln, menschlich aussehen, menschlich leben, sein Horn verkaufen, zum Teufel mit dem ganzen Einhornquatsch. Kannst du das glauben?«

»Das kann er nicht«, sagte Joey. »Er kann es nicht, es wird nicht gehen, er muß sterben.« John Papas sah sie an. Joey sagte: »Ein Ältester, ein Einhorn, das sein Horn verliert, kann nicht nach Shei'rah zurück und muß hier sterben. Das weiß er.«

»Na, da solltest du ihn vielleicht mal dran erinnern«, sagte John Papas leise. Er nickte über Joeys Schulter hinweg, woraufhin sie sich umwandte und sah, daß Indigo den Laden betrat, das silberblaue Horn sorglos in einer Hand. Obwohl sie wußte, was er war, staunte sie dennoch über die übermenschliche Anmut seiner Bewegungen – *nein, nicht übermenschlich, eher, als wäre er stolz, daß er diese Gestalt annehmen kann und daß er absolut sein Bestes gibt. Wir sind es, die neben ihm nicht menschlich aussehen.*

»Ich dachte, Sie würden das Horn vielleicht gern noch mal sehen«, sagte Indigo. Er hielt es John Papas zur Prüfung hin. John Papas griff danach, dann verzog er bitter das Gesicht und ließ die Hände an die Seiten fallen. Er sagte: »Wo ist der Unterschied? Ich habe nicht mehr Gold als beim letzten Mal.«

Ohne zu antworten, hob Indigo das Horn an den Mund. Ein

schneller, kurzer Wirbel von Tönen taumelte durch den Laden, *da, Liebesgrüße aus Shei'rah.* Abrupt hörte er auf und reichte John Papas sein Horn.

John Papas hielt das Horn, als hielte er ein Kind. Indigo betrachtete ihn, lächelte dünn. Keiner von ihnen sagte etwas. John Papas sah Indigo eine Weile an, dann ging er in seine Werkstatt. Joey sagte: »Ohne dein Horn wirst du sterben. Sinti hat es mir gesagt.«

»Und was habe ich dir über den Lord Sinti gesagt? Welches Wort habe ich benutzt?« Indigos Lächeln wurde ein wenig breiter. »Allein in deiner Stadt leben drei Älteste. Du siehst sie jeden Tag auf der Straße und hast keine Ahnung.«

»Du bist verrückt«, flüsterte Joey. »Älteste in Woodmont? Du bist verrückt.«

Indigo lachte sie an, und der Klang war fast so spielerisch und schwer zu fassen wie die Musik. »In Woodmont und überall sonst, wo die Grenze eure Welt berührt. Siehst du, ich habe es dir gesagt, sie lügen, Sinti und alle anderen. Wir können hier leben, ohne Schaden zu nehmen. Wir können sehr wohl hier leben.«

Joey wollte schon schreien: »Nein, ich glaube dir nicht«, doch plötzlich erinnerte sie sich an die nachdenkliche Stimme Prinzessin Lishas: »Vielleicht ist Shei'rah nur deshalb an eure Welt gebunden, weil wir so grenzenlos fasziniert von euch sind.« Sie senkte ihre Stimme, weil sie John Papas zurückkommen hörte, und fragte Indigo einfach: »Warum? Warum sollte einer von euch *hier* leben wollen? Wie wir aussehen wollen? Wenn er ein Ältester in Shei'rah sein kann?«

Einen Moment lang, während Indigo sie ansah, war weder etwas von dem üblichen, beiläufigen Hohn in seiner Miene zu sehen noch etwas von der Schönheit einer anderen Welt, sondern etwas, das menschlichem Schmerz ähnelte. So leise wie sie sagte er: »Und meinst du, das wäre so wunderbar? Auf ewig magisch, engelsgleich, rein zu sein, ohne irgendeine Wahl zu haben? Kein Mitspracherecht, wer du bist, weil du das bist, *was* du bist? Ich sage dir, du dummes, dummes, unwissendes, trauriges, kleines, sterbliches Wesen: Lieber möchte ich in deine Haut schlüpfen als in die des Lord Sinti höchstpersönlich. Und keiner der Ältesten hat so etwas jemals zu irgendeinem Wesen gesagt.«

»Na«, sagte Joey. »Herzlichen Glückwunsch.« Sie war zwar wütend über Indigos Worte, aber die Leidenschaft in seiner Stimme machte sie so benommen, daß ihr nichts anderes einfallen wollte. John Papas gesellte sich mit müden Augen zu ihnen. Er sagte: »Vielleicht kann ich noch etwas mehr Gold auftreiben. Komm in ein paar Tagen wieder, dann sehen wir weiter.«

»Vielleicht«, sagte Indigo. Er nahm das silberblaue Horn aus John Papas' Händen und war ohne ein weiteres Wort verschwunden, obwohl Joey ihm nachrief: »Hör doch, warte, wir müssen reden!« Die Tür knallte, und sie blieb mit John Papas allein; sie sahen einander leeren Blickes an, während die Musik Shei'rahs noch immer irgendwo in den staubigen Ecken des Ladens lachte.

Tonlos sagte John Papas: »Ich muß es haben. Noch nie in meinem Leben hat es etwas gegeben, was ich so sehr besitzen wollte wie dieses Ding, dieses Horn. Ich schäme mich, daß ich es so sehr will, wenn ich ehrlich sein soll.«

»Ich weiß«, sagte Joey. »Wirklich. Aber es ist verrückt. Das kann er doch nicht machen, einfach sein Horn verkaufen. Es ist mir egal, was er sagt ... wenn sie ihr Horn hier verlieren, die Ältesten, dann können sie nie mehr nach Shei'rah zurück.

Er wird hier sterben, Mr. Papas, er weiß, daß er hier sterben wird!«

»Seine Sache«, sagte John Papas. »Seine Entscheidung. Ich habe keine Grenze überschritten, also weiß *ich* nur« – und plötzlich streckte er eine Hand aus und verwuschelte ihr das Haar –, »daß ich ein struppiges, kleines Mädchen habe, das sich hier ständig herumtreibt, und plötzlich ist sie mit einer Musik angefüllt, wie ich sie noch nie gehört habe, wie sie noch niemand je gehört hat. Aber sie werden es hören. Jesus, Maria und alle Heiligen, das werden sie.«

Joey wollte ihn unterbrechen, aber er war nicht aufzuhalten, träumte laut, wie sie es noch nie erlebt hatte. »Okay, das Wichtigste ist, daß du jetzt ganz schnell lernst, die Musik aufzuschreiben, du mußt lernen, wie man die Stimmen miteinander verwebt, verstehst du? Du mußt es so machen, daß die Menschen dieses Land *sehen*, in das du gehst, dieses Shei'rah, damit sie es *fühlen*, nicht nur hören. Vor uns liegt viel Arbeit, Josephine Angelina Rivera.« Sanft schob er sie zum Klavier zurück.

»Ich kann nicht«, sagte Joey. Ihr Mund war trocken, und ihr Hals tat weh. Sie sagte: »Ich muß gehen, wir sehen uns morgen.« Und schon war sie draußen, einen Moment von der grellen Sonne geblendet, dann rannte sie die Straße hinab, schwitzend und in Panik, stieß mit Leuten zusammen, starrte in jedes Gesicht, an dem sie vorüberkam, auf der Suche nach alten Augen aus Shei'rah.

Zu ihrer eigenen Überraschung holte sie Indigo schon nach zwei Blocks ein. Er ging langsam, dieses eine Mal zumindest, wie stets in fließenden Bewegungen, doch seine Schultern wirkten etwas schlaff, Kopf und Nacken weniger arrogant erhaben. Das silberblaue Horn trug er unter den Arm geklemmt.

Neben ihm paßte sich Joey seinem Schritt an, atmete tief durch. Sobald sie wieder sprechen konnte, drängte sie: »Okay, zeig sie mir.« Indigo sah sie an und wandte sich ab. Joey sagte: »Die Ältesten. Wo sind sie? Zeig mir nur einen.«

Indigo ging schneller. »Wieso sollte ich? Ich habe anderes zu tun.«

Joey lachte: »Weißt du, was Abuelita, meine Großmutter, über Leute wie dich sagt? Sie sagt, ihr seid nur Federn.« Indigo blieb stehen und drehte sich zu ihr um. Joey lächelte ihn an. »Kein Vogel«, sagte sie. »Nur Federn.«

Einen Augenblick lang schien es ihr, als sähe Indigo seltsam müde und fast traurig aus, als er sie anstarrte. Drei Mädchen schoben sich im Zwielicht an ihnen vorbei, wandten sich ab. Ein Eiswagen kam die Straße herunter und spielte »The Entertainer«. Indigos blaue Augen füllten sich wieder mit Hohn, der aus einer tiefen, uferlosen Quelle gespeist wurde, und er sagte: »Wieso nicht? Wieso eigentlich nicht? Komm mit.«

Sie mußte fast hinter ihm herlaufen, obwohl er gar nicht versuchte, sie abzuhängen. Im Gegenteil, jedesmal, wenn sie über einen großen Parkplatz oder durch eine volle Einkaufspassage kamen, nahm er sie beim Arm, damit sie nicht verlorenging. Sie kamen ins Geschäftsviertel, wo Woodmont mit einem anderen Vorort auf der gegenüberliegenden Seite der Autobahn verschmolz und man bis neun oder zehn Uhr abends einkaufen konnte. Indigo führte sie von einer neonbeleuchteten Ladenfront und Spielhalle zur nächsten, aus denen jedesmal noch lautere und häßlichere Musik drang. Sie beobachtete ihn, wie er die Menge absuchte, sein Kopf schnell, gespannt und niemals in Ruhe, und sie dachte: *Er liebt es, das alles, er liebt alles, was nicht Shei'rah ist. Ich werde es nie verstehen.*

»Wenn sie da ist, sitzt sie *hier*«, sagte er plötzlich, nickte zum

Eingang von »Mex to the Max Tacos« hin. »Aber ich glaube, sie ist schon wieder zu ihrem Schlafplatz zurückgekehrt. Komm.«

Die Autobahn überragte fast die höchsten Häuser Woodmonts, doch eine Ausfahrt führte direkt ins Geschäftsviertel. Indigos Hand umfaßte schmerzhaft Joeys Handgelenk, als er sie in die brütende Dämmerung zwischen den Pfeilern zog. Seltsamerweise war es hier nicht so laut, wie sie erwartet hätte, es schien, als dämpfte die Dunkelheit das hohle Dröhnen der Straße über ihnen. Indigo sagte: »Hier lang.«

Joey trottete ihm über geborstenen Asphalt hinterher, wich aufgestauten Pfützen und Müllhaufen aus, bekam aber trotzdem Ölflecken an die Schuhe. Gestalten huschten vorbei oder flüchteten vor ihnen ins Halbdunkel, schoben klappernde Einkaufswagen, trugen große Packen Pappe unterm Arm oder rangen wie verzweifelte Weihnachtsmänner mit übervollen grünen Plastiksäcken. Niemand sprach mit Joey oder Indigo, keiner bettelte um Kleingeld. Einige der Frauen sahen sie direkt an, die Männer nie.

Sie hatte die Musik Shei'rahs schon einige Zeit im Ohr, als sie sie tatsächlich hörte, in dieser Umgebung. Sie klang so wund wie die Augen der Menschen unter der Autobahn, flatterte vor ihr kurz aus einem einzelnen Horn auf, hinkte dann jedoch gleich wieder, aber es war unverkennbar Shei'rah, das sich dort bemerkbar machte. Joey verharrte bewegungslos.

Indigo winkte ungeduldig. »Komm. Wolltest du nicht sehen, wie eine Älteste in eurer Welt, in eurer Zeit lebt? Hier ist sie, komm schon.« Er ging weiter, ohne sich umzusehen, und nach einer Weile folgte Joey ihm.

Die Frau saß auf einem Stapel alter Zeitungen mit dem Rücken an einen Pfeiler gelehnt und spielte auf einem scharlachroten Horn, das halb so groß war wie sie. Die zahlreichen

Schichten ihrer Kleider besaßen die Farbe toter Haut. Sie hatte schweres, schmutziges, rotes Haar, ein schmales Gesicht mit knorrigem Kinn und blassen Augen, deren äußere Winkel nach unten geneigt waren. Doch als sie Indigo erkannte, erwärmte sich ihr Lächeln vom unverkennbaren Licht der Grenze, und als sie das Horn wie ein königlicher Trompeter hob, stach für einen Augenblick die Musik Shei'rahs in Joeys Herz, wie immer, ohne daß sie diese erwartet hätte oder für sie bereit gewesen wäre. Doch brach sie bald ab, franste aus, löste sich auf, wanderte weiter wie Wasser auf einem Boden, der zu trocken ist, um es aufzunehmen. Die Frau zuckte mit den Schultern, scheinbar unberührt.

»Oh, mein Gott«, sagte Joey leise. Sie schob sich an Indigo vorbei und stand vor der Frau, sagte: »Was machen Sie hier? Sie gehören nicht *hierher*. Sie müssen zurück nach Shei'rah.«

Die blassen Augen der Frau – aufgequollen, rot umrandet, doch immer noch schmerzlich klar wie der Himmel über Shei'rah – musterten sie mit kalter Gelassenheit. »Mir gefällt es hier«, sagte sie. Sie griff nach einem schmutzigen Styroporbecher und hielt ihn ihr hin, schüttelte die wenigen Münzen, so wie John Papas seinen Holzkasten geschüttelt hatte.

Joey hätte die Frau am liebsten an ihren hohen, dürren Schultern gepackt. »Was reden Sie da? Es kann Ihnen doch nicht *gefallen*, auf der Straße zu betteln, *diese* Musik für ein paar Groschen zu spielen! Sie erinnern sich an Shei'rah, ich weiß es, ich weiß, daß Sie's tun! Da drüben sind Sie ganz oben, Sie sind wie eine Prinzessin, es ist Ihre Welt. Was *tun* Sie?«

Die Frau nickte nur schläfrig an ihr vorbei Indigo zu, der neben Joey trat und in die Hocke ging, wobei seine Augen offenbar nur ihre Augen sahen. »Mir gefällt es hier auch«, sagte er ganz leise zu ihr. »Hallo, Valadyi.«

»Indigo«, murmelte die Frau. Sie ließ das Horn sinken und erwiderte seinen eindringlichen Blick. Joey wich zurück, fühlte sich unsichtbar und ausgeschlossen. Mit einem Fuß rutschte sie auf etwas, von dem sie wußte, daß sie es sich besser nicht näher ansehen sollte, und wütend schabte sie es auf den Asphalt, der sich anfühlte, als wäre er so weit entfernt wie Shei'rah. Indigo sagte etwas, das Joey nicht verstehen konnte, doch seine Stimme klang erstaunlich liebevoll. Die Antwort der Frau war ein Lachen, und deutlich sagte sie: »Nein, es ist schön hier. Es ist schön.«

Irgend etwas stieß von hinten gegen Joey, warf sie beinahe um. Ein untersetzter, fast kahler, schwarzer Mann mit fleckig grauem Bart schob seinen Einkaufswagen zwischen sie und Indigo, der eilig zurückwich. »Hab' was für dich«, erklärte er der Frau mit einer Stimme, die vor Asthma knarrte. Er wühlte zwischen namenlosen Dingen in seinem Karren herum, bis er eine schmierige, weiße Tüte zutage förderte. »Stück Pizza und eine Diät-Fresca. Hier, nimm.«

Die Frau lächelte scheu und nahm ihm die Tüte ab. Sie bot ihm einen Bissen von der harten Pizza an, doch er schüttelte den Kopf, ächzte: »Nein, Baby, die ist für dich. Mach du nur, iß sie auf.« Er breitete neben ihr eine Zeitung aus, setzte sich vorsichtig darauf, legte der Frau seinen schweren Arm um die Schulter und ließ seinen Blick erst dann über Indigo und Joey schweifen. »Das ist meine Frau«, sagte er mit fester Stimme. »Wir sind zusammen.«

»Ja«, sagte Indigo ganz sanft. »Ja, das kann man sehen.« Er machte eine kleine Abschiedsgeste, tippte sich an die Stirn, wo das Horn gewesen wäre. Die Frau hob träge ihr eigenes, rotes Horn und grüßte ihn mit einer knappen Seifenblasenfanfare aus Shei'rah. Indigo wandte sich ab und ging davon.

Joey war schon weggegangen, schnell, mit gesenktem Kopf, als marschierte sie gegen den Wind, und nun war Indigo damit an der Reihe, ihr hinterherzuhetzen. Sie sprach erst, als sie an der Abfahrt vorbeigekommen waren und der Autobahn den Rücken kehrten. Dann sagte sie: »Das war *schrecklich.* Sitzt da im Müll, ernährt sich von Pizza... eine Älteste! Das ist das Furchtbarste, Schlimmste, was ich in meinem ganzen Leben je gesehen habe.«

»Wie interessant.« Indigos Stimme klang trocken, jedoch nicht im geringsten spöttisch. »Aber ich bin ein Ältester und viel älter als du, und das war nun wirklich das Schönste, was ich je gesehen habe. Aber das wirst du nie verstehen.«

»Nein«, sagte Joey. »Niemals.« Sie lief weiter, ohne einmal aufzusehen, und deshalb merkte sie es auch nicht, als Indigo sie allein ließ.

******* Siebtes Kapitel ********

Am ersten Sonntag nach ihrer Rückkehr nahm sie den Bus, um Abuelita im Silver-Pines-Seniorenheim zu besuchen, wie sie es jeden Sonntag tat, mit oder ohne ihre Familie. Abuelita holte sie im Foyer ab, wartete auf der harten, kleinen Bank nahe der Eingangstür, wo die Bewohner ihren Besuch in Empfang nehmen sollten. Sie trug ein ausgefranstes, altes geblümtes Kleid, das Joey schon als Kind geliebt hatte, uralte Strohsandalen und das schwarze Umschlagtuch, das sie sich bei jedem Wetter um die Schultern legte. Ihre breite Indianernase berührte Joeys Kinn, als sie einander in die Arme schlossen.

Die aufgeplusterte, blonde Empfangsdame – Abuelita nannte sie *la bizcocha rubia*, die besorgte Blondine – gurrte zu ihnen herüber, wie sie es immer tat, wenn sie sich abmeldeten. »So *süß*, das sagen alle! Und jetzt wollen wir auf unsere wöchentliche Spritztour gehen, was? Nein, wie *reizend*!«

In einem ernsten, präzisen Englisch, das sie nach wie vor beherrschte, wenn ihr danach war, erwiderte Abuelita: »Nein. Ich unternehme mit meiner Enkelin Josephina einen Spaziergang. *Sie* bleiben hier und beten, daß vor der Mittagspause keiner stirbt. Komm, Fina.« Sie zwinkerte Joey zu, als sie sich umdrehte, aber in ihrer Bewegung lag etwas, als fiele eine Tür ins Schloß.

»Ich habe mein Nickerchen ausgelassen«, fuhr sie auf spanisch fort, während sie Joey unterhakte. »Sie mögen es nicht, wenn wir unser Nickerchen auslassen. Ich glaube, das ist die Zeit, in der sie einander näherkommen.« Hinter ihnen sagte *la bizcocha rubia* immer wieder, lauter und immer lauter, zu einem alten Mann, der wäßrige Augen hatte und einen Bademantel trug: »Mr. Gerber, Sie können sie nicht finden, weil sie seit zwei Wochen im Krankenhaus liegt. Sie ist im *Krankenhaus*, Mr. Gerber!«

Leise sagte Abuelita zu Joey: »Seine Frau ist tot. Die andere Frau, die uns solche Sachen sagen soll, hat Urlaub. Sie sagt es ihm dann nächste Woche, wenn sie wieder da ist.«

»Ich hasse dieses Haus«, sagte Joey. »Ich hasse das Essen. Ich hasse den *Geruch* ... es riecht wie im Krankenhaus, nur daß sie hier die Leute nicht gesundmachen, sondern bloß ruhigstellen. Ich wünschte, du würdest wieder bei uns wohnen.«

Abuelita legte Joey einen Arm um die Schultern. »Es würde niemals funktionieren, Fina. Ich bin zu alt und stur und gemein, um mit irgendwem zusammenzuwohnen, ehrlich ... wahrscheinlich würde es nicht mal mehr mit deinem Großvater funktionieren, wenn er zurückkommen könnte. Und ich kann nicht allein leben, das weiß ich, wegen meiner Arthritis, und außerdem falle ich manchmal um. Also ist dieses Haus für mich wie alle anderen, nicht schlechter, nicht besser. Machen wir jetzt unseren Spaziergang, ja?«

Silver Pines lag auf einem flachen Hügel, mit Blick auf zwei Autobahnen und einen Friedhof. Abuelita fand das urkomisch, aber ihr Sinn für Humor hatte ihrer Familie schon immer Sorgen bereitet, nur Joey nicht. Die beiden spazierten Arm in Arm, plauderten geruhsam auf spanisch, umrundeten den Swimmingpool zum Golfkurs hin, welcher der soziale Dreh- und Angelpunkt dieses Pflegeheims war. Direkt dahinter lag eine kleine, sorgsam gestaltete Parkanlage, in der die Bewohner flanieren sollten und wo jede Woche Talentwettbewerbe und manchmal Tai-chi-Kurse stattfanden. Joey und Abuelita konnten, wenn sie langsam gingen, den gesamten Park in elf Minuten umrunden. Normalerweise drehten sie drei Runden.

Joey brauchte bis weit in die zweite Runde, ehe sie zögerlich herausbrachte: »Abuelita, glaubst du eigentlich an andere Welten? Nicht andere Planeten, das meine ich nicht. Nur andere ... andere *Orte*, ganz in der Nähe, die man nicht sehen kann?«

Milde überrascht sah die alte Frau sie an. »Natürlich, Fina. Der Ort, an dem Ricardo, dein Großvater, auf mich wartet, von wo aus er über uns wacht ... natürlich glaube ich daran. Wieso nicht?«

»Na ja, ich dachte eigentlich nicht an den Himmel oder so was«, sagte Joey. »Eigentlich nicht.«

Abuelitas leises Lachen klang warm und dunkel. »Ich auch nicht. Ich kenne doch deinen Großvater.« Sie blickte noch tiefer in Joeys Augen. »Fina, in meinem Alter kann ich glauben, was immer ich möchte, so lange ich es möchte, also vielleicht ja, vielleicht könnte ich an andere Welten glauben, vielleicht an einige von ihnen, wer weiß? Wieso fragst du?«

Joey holte tief Luft, atmete sie in knappen, kleinen Schnaufern wieder aus. »Weil ich ... weil ... ich weiß nicht, Abuelita. Vergiß es.«

Ihre Großmuter blieb stehen. »Fina, was?« Sie legte ihre gedrungenen, überraschend kräftigen Finger auf Joeys Handgelenk.

»*Gatita, pajarita*, was ist los? Erzähl, mein Kätzchen, mein Vögelchen.«

»Weil«, sagte Joey. Noch einmal holte sie tief Luft. Plötzlich platzte sie auf englisch heraus: »Weil es wirklich eine andere Welt gibt, einen anderen Ort, was auch immer, und ich war da. Da sind Satyrn und Phönixe und zweiköpfige Schlangen, und es gibt Einhörner, Abuelita, nur nennen sie sich selbst ›die Ältesten‹, und sie machen diese *Musik*, die kommt aus ihnen raus, die kann man überhaupt nicht beschreiben. Und es gibt Leute, die im Wasser leben, und man kann lange bleiben, so wie ich, und hier merkt keiner, daß man weg war. Und ich habe es nicht geträumt, Abuelita, und ich denk' es mir nicht aus, wirklich, ehrlich nicht. Es heißt Shei'rah, und ich war da.«

Abuelita deutete mit gehobenen Händen ironisch an, daß sie sich geschlagen gab. »*Socorro, despacio*. Hilfe, langsam, langsam, Fina. Ich bin eine alte Frau, ich kann nicht so schnell hören, wie du redest.« Sie lachte, doch ihre Augen blieben ruhig und ernst. »Erzähl mir davon, Fina. Langsam. Auf spanisch.«

An diesem Tag drehten sie viel mehr Runden als sonst um den kleinen Park, doch keiner von beiden fiel es auf. Die letzte Runde verlief schweigsam, als plötzlich eine Stimme die Stille durchbrach: »Mrs. Rivera! Mrs. Rivera!« Joey blickte auf und sah, daß ihnen eine der Pflegerinnen von Silver Pines über den Golfplatz entgegengelaufen kam.

»*Mierda!*« sagte Abuelita. »Scheiße, meine Untersuchung, die habe ich ganz vergessen. Sie wollen immer unbedingt wissen, wie lange ich mein Bett noch brauche.« Sie winkte der Pflegerin zu, dann drehte sie sich um und nahm Joeys Gesicht in beide Hände. »Hör zu, Fina, ich muß über das nachdenken, was du mir erzählt hast. Ich muß nur etwas darüber nachdenken. Verstehst du?« Joey nickte. Abuelita sagte: »Dieses Land, dieses Shei'rah... du hast nicht zufällig deinen Großvater, den *Abuelo* Ricardo, irgendwo gesehen, was? Nein. Na, egal.« Sie winkte noch einmal und rief: »Wir kommen, Señorita Ashleigh! Lassen Sie das Laufen, Sie werden noch einen Herzinfarkt bekommen, und dann müssen Sie bei mir einziehen!«

Die Tage verstrichen. Joey ging zur Schule, kam einigermaßen mit ihren Eltern aus, wenn sie zu Hause waren, stritt sich regelmäßig mit ihrem Bruder Scott, schlief gelegentlich drüben bei BeeBee Huang, half mehrere Nachmittage in der Woche in Papas' Musikladen aus, und gewöhnte sich daran, aufmerksam in die Augen der Straßenmusikanten zu blicken, obdachlose Männer und Frauen und torkelnde, halbirre Bettler, die es offiziell in Woodmont gar nicht gab. Sie traf keine Ältesten mehr, doch hielt sie stets nach ihnen Ausschau.

Indigo kam nicht zurück. John Papas schlurfte im Laden umher, ungewöhnlich gereizt, verschwand oft, um lange mysteriöse Telefonate auf griechisch zu tätigen. Er holte Joey nun häufig von ihren anderen Aufgaben weg, um ihr spontan eine Musikstunde zu geben und ihr währenddessen ständig zu erklären: »Schreib, schreib, du mußt es zu Papier bringen, diese Sachen, die du da drüben gehört hast, in diesem Land. Was nützt einem das Hören, wenn man es nicht aufschreiben kann?« Joey gab sich alle Mühe, die Dreiklänge und Durchgangstöne, Harmoniefolgen, Mollakkorde und den ganzen Quintenzirkel im Gedächtnis zu behalten, doch die Worte und Ziffern, die Klaviertöne selbst schienen so wenig mit der Luft zu tun zu haben, die sie in Shei'rah geatmet hatte, daß sie oft die Hände in die Luft warf und aus dem Laden stürmte, wobei sie so sehr die Tür zuknallte, daß die alte Holzverschalung klapperte. Doch stets kam sie am nächsten Tag zurück. Es gab nur noch *einen* anderen Ort, an dem sie sein wollte.

Und sie fürchtete sich vor dem Versuch, noch einmal dorthin zu gelangen. John Papas fragte sie mehr und mehr aus, während die Tage ohne ein Lebenszeichen von Indigo vergingen. »Hast du schon mal daran gedacht, ob du dieses Land wiederfinden könntest, diese Grenze? Nur um, du weißt schon ... um nachzusehen?«

Joey nickte, ließ das Ordnen der Noten sein und wandte sich ihm zu. »Die ganze Zeit. Eigentlich jede Sekunde.«

Demonstrativ drehte sich John Papas weg, murmelte etwas, während er die Saiten am Hals einer Gitarre einstellte: »Na, vielleicht solltest du es mal versuchen. Könnte nichts schaden.«

»Nur mir«, sagte Joey. »Mir könnte es schaden. Zweimal täglich, jeden Tag, komme ich an dieser Ecke vorbei, und jedesmal denke ich: *Okay, heute ist es soweit, diesmal gehe ich wirklich einen Block weiter, einen halben Block, und da ist Shei'rah, Shei'rah und die Musik und die Ältesten und alle, jetzt, jetzt.* Aber ich tue es nie. Denn was ist, wenn ich diese Straße hinuntergehe und nichts passiert? Keine Musik, keine Grenze, kein Shei'rah, einfach nichts? Das könnte ich nicht ertragen, Mr. Papas. Dann möchte ich es lieber gar nicht wissen, verstehen Sie?« Sie weinte nicht, aber ihre Augen fühlten sich ganz kalt an, schwere Steine in den Höhlen.

»Ja«, sagte John Papas. Seine Stimme klang gedämpft und ausdruckslos, aber er legte ihr die Hand auf die Schulter. »Ja, ich weiß, Josephine Angelina Rivera. Aber das sind die Momente im Leben, in denen man es herausfinden muß. Das kannst du mir glauben. Das weiß ich genau.«

Einen Moment später fügte er zaghaft hinzu: »Dieser Junge, dieser Indigo, es könnte sein, daß du ihn da drüben triffst.« Joey blickte zu ihm auf. John Papas sagte: »Du könntest ihm sagen, daß Papas das Geld aufbringen wird. Ich brauch' nur etwas mehr Zeit. Denkst du daran?«

»Ich werde daran denken«, sagte Joey. Sie entwand sich dem Griff seiner Hand. »Ich werde daran denken, daß Sie sein Horn wollen und Ihnen alles andere ganz egal ist. Er, die Musik und ich auch. Ja, Sie sollten sich was schämen, Mr. Papas.« Sie arbeitete den Rest des Nachmittags, ohne ein weiteres Wort zu sagen, und John Papas blieb in seinem kleinen Büro, bis sie ging.

Doch schon am nächsten Abend, wieder einmal war Halbmond, glänzte der helle, silbrige Schimmer – trotz aller Ängste Joeys, die Grenze könnte sich so weit verschoben haben, daß sie diese niemals mehr finden würde – genau dort, wo sie wieder aus Shei'rah herausgetaucht war, gleich hinter dem Briefkasten, an der Ecke Alomar und Valencia. Lange stand sie regungslos, während Autos und Busse vorüberfuhren und Kinder in ihrem Alter auf glitzernden Neon-Rollerblades vorüberschossen und sie mit milder Verachtung musterten. Dann machte sie zwei Schritte nach vorn und lachte und weinte in Kos stinkenden Armen unter der Senfblumensonne Shei'rahs.

»Wieso *wußtest* du?« wollte sie wissen, als sie wieder sprechen konnte. »Woher konntest du ahnen, daß ich genau hier und in diesem Augenblick herüberkommen würde? *Touriq*, das *kitzelt*...«, denn ein Horn hatte ihr sanft über die Wange gestreichelt, und warmer Atem bewegte die Luft in ihrem Nacken. Der Satyr strahlte und putzte seinen Bart mit beiden schmuddeligen Händen.

»Ich habe es hier gespürt, Tochter«, erklärte er stolz. »Wir wissen Sachen mit unseren Bärten, wir Tirujai. Immer, wenn wir Zweifel haben, unsicher sind, sagt einer von uns: ›Denk dran, folge deinem Bart‹, und das tun wir dann, und es führt uns immer dorthin, wo wir sein sollten.« Noch einmal umarmte er sie und trat zur Seite, damit Joey auf den Rücken des wartenden Einhornfohlens klettern konnte. Touriq stieß einen gellenden Schrei aus, der sich mit dem Schlachtruf von Prinzessin Lisha messen konnte, und bäumte sich mit derart wilder Freude auf, daß Joey fast wieder zu Boden glitt. Ko fing sie auf und rief: »Achte auf meine Tochter, Ältester! So heißt du den Gast des Lord Sinti willkommen, die außerweltliche Schwester einer Bach-Jalla? Ich werde sie selbst tragen, wenn du sie so behandelst.«

Kleinlaut ließ Touriq den Kopf hängen, wartete, bis Joey sich auf seinem Rücken aufgerichtet hatte, und die anmutige Besonnenheit, mit der er nun voranschritt, war so gespielt, daß Ko vor Lachen laut herausplatzte, während er neben ihm lief, in die Luft sprang und seine Hufe aneinanderklappern ließ. Und so kam Joey wieder nach Shei'rah, vergrub ihr Gesicht am gewölbten Nacken eines tänzelnden Einhorns und lauschte dem tiefen, warmen, heiseren Lachen eines Wesens, das halb Mensch, halb Ziege war und ihr zurief: »Willkommen daheim, Tochter! Willkommen daheim!« Und die Musik Shei'rahs hüpfte und frohlockte mit ihm.

Sie fand niemals heraus – weder jetzt noch irgendwann später, als sie wiederkam –, ob während ihrer Abwesenheit Wochen, Monate oder sogar Jahre in Shei'rah vergangen waren. Eine vage Ahnung davon bekam sie erst, als der Lord Sinti ihr erklärte: »Nur weil Shei'rah eure Welt berührt, heißt das nicht, daß sich beide mit derselben Geschwindigkeit durchs Universum bewegen. Stell dir vor, du reitest auf deinem Freund Touriq, und ich bin kein Ältester, sondern ein Kadrush«, womit er eine riesige, knochenlose, vierfüßige Nacktschnecke aus den Bergen Shei'rahs meinte. »Du könntest die Welt dreißigmal umrunden, bevor ich die Entfernung zwischen uns bewältigt hätte. Und wenn du dann von Touriqs Rücken auf meinen springen würdest... na, wie solltest du das Gefühl haben, du hättest überhaupt eine Entfernung hinter dich gebracht? So verhält es sich mit Shei'rah und deinem Woodmont in Kalifornien.« Und mit dieser Erklärung mußte sie sich begnügen.

Bei diesem zweiten Besuch waren die blauen Blätter abgefallen – wenn auch nicht die roten Blätter des Abendrotwaldes –, und die Nächte waren so kühl, daß sie Moosnester baute, in denen sie schlafen konnte, ganz so wie die Tirujai es taten. Es gab also tatsächlich Jahreszeiten in Shei'rah. Touriq und seine Freunde waren in ihren Augen unverändert (sie wirkten vielleicht etwas größer, die weichen, jungen Mähnen etwas voller), doch die Shendi, die Miniaturdrachen-Familie, schienen auf beunruhigende Weise geschrumpft zu sein, bis Joey merkte, daß es sich um neue Baby-Drachen handelte, kaum einen Monat aus dem Ei. Die Perytone andererseits wirkten merkwürdigerweise größer, selbst aus argwöhnischer Distanz, und es war ihnen, wie bei Hirschen üblich, ein Winterfell gewachsen. Die furchterregenden, zweiköpfigen Jakhaos waren nicht mehr da, verschliefen die kalte Zeit in den alten Höhlen ihrer Geburt, wie Ko ihr erzählte. Joey bemerkte einen grauen Fleck in den schmierigen Locken auf seiner Brust, von dem sie hätte schwören können, daß sie ihn noch nie gesehen hatte. Der Satyr beharrte darauf, daß es sich um nichts anderes als guten Dreck aus Shei'rah handelte, wobei sie es dann auch beließen.

Was die Bach-Jalla anging, so blieb diese so unwandelbar wie der Strom ihres Baches... oder vielmehr war dieser noch kälter als in Joeys Erinnerung, während die Bach-Jalla so warm war wie das eben erwachte Kind, dem sie glich. Als ihr klar wurde, daß Joey nicht die Absicht hatte, in dieser Jahreszeit auch nur einen Zeh ins Wasser zu halten, stürmte ihre Shei'rah-Schwester das Ufer hinauf und sprang ihr tropfend in die Arme, lachte und küßte sie, während sie über den Strand taumelten. »Wie lange du fort warst! Ich dachte schon, du müßtest inzwischen eine alte Frau sein!« Joey, die so naß war, daß sie ebensogut hätte schwimmen gehen können, begann, ihr die Sache mit dem Zeitunterschied zu erklären, doch die Bach-Jalla langweilte sich schnell und wollte lieber Geschichten über Autobahnen und Fischstäbchen hören. Von letzteren hatte sie eine höchst ungewöhnliche Vorstellung.

Dieser zweite Besuch verging erschreckend schnell für eine, die sich gar nicht hatte vorstellen können, das sie den Weg in dieses Land noch einmal finden würde. Joey teilte ihre Zeit, so gut es ging, zwischen den Wettläufen und ihren Wanderungen, dann wieder den Wettrennen mit Touriq und den anderen jungen Einhörnern auf, lernte die Geschichten und Heilmittel und die alten, alten Geheimnisse der Tirujai, ertrug das eiskalte Bergwasser im Strom der Bach-Jalla, ihres wilden Lachens und ihrer wilden Zärtlichkeit wegen. Sie bestand darauf zu helfen, als Joeys wenige Kleider gewaschen werden mußten, mit denen sie dann flußaufwärts und -abwärts stürmte, sie wie eroberte Flaggen schwenkte und sie heftig auf Steine schlug, um sie zu säubern. Von Kleidern und Schmutz war die Bach-Jalla gleichermaßen fasziniert.

Den großen Ältesten begegnete sie nicht. Touriq – der sehr stolz darauf war, das erste Mal fort von seiner Mutter Fireez zu sein – erklärte, daß sich die ältesten Einhörner während dieser Zeit mit dem Lord Sinti in einen Teil des Abendrotwaldes zurückzogen, den nicht einmal die Tirujai kannten. Prompt war Joey leidenschaftlich entschlossen, diesen zu finden, und streunte stundenlang allein durch den Abendrotwald, lauschte dem leisen Wispern der roten Blätter und dem Knurren seltsamer Wesen, die sich den Winter über in ihrem Bau verkrochen hatten. Bei diesen Gelegenheiten hörte sie die Musik Shei'rahs sehr deutlich, so nah oder fern diese auch sein mochte.

Einmal ging sie in der Abenddämmerung um einen Busch herum und stand überrascht Auge in Auge mit einem Vogelpaar, in der Farbe der Eichelhäher, nur größer, mit langen Beinen wie Watvögel und dem kecken Federbusch der kalifornischen Wachtel. Ihr Gefieder schien von innen heraus zu leuchten, tauchte sie über und über in einen sternenblauen Glanz, als die beiden in aller Seelenruhe an ihr vorüberschritten. Ko erklärte ihr später, daß man sie Ercines nannte und daß ihre phosphoreszierende Spur ihr einen sicheren Weg zeigen würde, falls sie sich einmal verlaufen sollte. Doch fürchtete sie nie, sich zu verirren: Im Abendrotwald *verirrte* man sich nicht.

Die Shendi zeigten sich zu dieser Jahreszeit nur selten, die Criyaqui überhaupt nicht, und die Perytone schienen woanders zu jagen, vorerst zumindest. Einen ganzen Nachmittag brachte sie damit zu, sich mit einem katzengesichtigen Wesen anzustarren, das seinen strammen, schuppenbesetzten Leib auf Beinen balancierte, die so knochenlos und unendlich elastisch wie ein Gartenschlauch aussahen. Die Kommunikation zwischen ihnen war begrenzt, da das Tier auf der Erde saß und Joey wohlweislich oben in einem Baum, obwohl es sie deutlich einlud, auf einen Besuch hinunterzukommen. Das lehnte sie ab, und gegen Abend ging es weg, doch Joey verbrachte die Nacht dennoch auf dem Baum.

»Das war kein Wesen aus Shei'rah«, sagte Ko, als sie es ihm beschrieb. »Die Ältesten meinen, es gäbe so viele Welten jenseits von deiner und meiner, Tochter. Wenn das so ist, kann es dann nicht auch noch andere Grenzen geben?«

»Oh, das gefällt mir nicht«, antwortete Joey, obwohl sie inzwischen eher empört als ängstlich war. »Ich hasse es. Das ist zuviel, es ist zu unheimlich.«

Ko zuckte mit den Schultern, kratzte seinen strubbeligen Kopf und grinste sein schiefes Grinsen. »Ach, na ja, wir denken nicht oft an so was, wir Tirujai. Davon tut uns der Kopf weh.«

Lange sah Joey ihn an, ohne etwas zu sagen. Einer plötzlichen Eingebung folgend fragte sie ihn: »Ko, wie alt ist einhundertsiebenundachtzig Jahre? Also, ich meine in eurer Rechnung?«

Der Satyr wurde unruhig, wollte ihr nicht in die Augen sehen. Joey wiederholte die Frage. Als Ko schließlich antwortete, war er kaum zu verstehen. »Als Tirujai wäre ich so etwa in deinem Alter. Fast genauso alt.«

»Ach«, sagte Joey. »Ach, du *Schwindler*! Nennst mich die ganze Zeit Tochter und bist nur ein kleines Kind, genau wie ich, wie Touriq. Ko, du bist ein echter Scharlatan!«

»Ich bin älter als Touriq«, murmelte Ko. Er sah dermaßen elend aus, daß Joey ihn in die Arme schließen und ihm fest versichern mußte, daß er ihr stets unendlich viel älter vorgekommen war, bis er getröstet schien.

Das einzige, was sie von den ältesten Ältesten erhaschen konnte, war ein kurzer Blick auf zwei Schatten, bei denen es sich um Prinzessin Lisha und ihren Liebsten, den Karkadann Tamirao, gehandelt haben mochte, die sich gemächlich im Zwielicht bewegten. Doch während dieser Zeit der Suche machte sie eine überraschende und unerwünschte Entdeckung. Sie stieß auf die Knochen eines Einhorns.

Es war im hoch gelegenen Wüstenland Shei'rahs: eine windgebeutelte, zutiefst öde Gegend, die Joey selten aufsuchte, wegen der Jakhaos, und weil sie sich dort oben stets allzusehr um Abuelita sorgte und Schuldgefühle bekam, weil sie den Rest ihrer Familie so wenig vermißte. Doch die großen Schlangen hausten zu dieser Jahreszeit sicher unter der Erde. Joey fragte sich seit kurzem ernsthaft, ob sie nicht eine Karte von ganz Shei'rah zeichnen sollte, was BeeBee Huang gewiß als erstes getan hätte. Sie saß auf einem versteinerten Baumstumpf, stocherte nachdenklich mit einem Stock im Sand herum, als sie auf etwas Hartes stieß und mit den Händen danach grub, um es herauszuholen. Es dauerte ungewöhnlich lang, bis sie begriff, was sie da gefunden hatte.

Man konnte unmöglich erkennen, welcher der Ältesten dort unter dem Sand ruhte. Joey saß da und hielt den zerbrechlichen Schädel und die langen, noch immer anmutigen Knochen eine Weile fest. Dann legte sie diese so vorsichtig wie möglich zurück, sprach ein kleines Gebet, das ihre Großmutter sie gelehrt hatte, und ging davon.

Weder zu Ko noch zu Touriq sagte sie ein Wort, und sie gestattete sich auch nicht, allzusehr über die Bedeutung ihrer Entdeckung nachzusinnen. Sie zog es vor, einen Großteil dieser Zeit in Shei'rah entweder in Gesellschaft der Bach-Jalla oder des Tirujai zu verbringen, die beide nicht das geringste Interesse an den Geheimnissen der Ältesten hatten. Beide boten ihr warmherzige Gesellschaft, ohne viele Fragen zu stellen, und Joey ließ sich darauf ein, bis zu dem Punkt, an dem sie sich erkältete, weil sie zuviel Zeit mit dem Erlernen eines Schwimmstils verbracht hatte, bei dem man mit dem gesamten Körper schwer definierbar herumwedelte. Sie fühlte sich noch etwas angeschlagen, als sie am nächsten Morgen die Stimme Lord Sintis in sich spürte, und diese sagte: *»Es wird Zeit«*, und Touriq kam, um sie zur Grenze zu begleiten.

Sie hoffte sehr, Sinti höchstpersönlich auf dieser Reise zu begegnen. Gern hätte sie ihm ein paar Fragen gestellt, und sie spürte, daß das schwarze Einhorn nicht weit sein konnte. Doch es tauchte nicht auf. Sie hatten fast schon die Grenze erreicht, als Joey etwas zu Touriq sagen wollte, sich umwandte, Badeseife roch und merkte, daß Indigo neben ihr ging. Er sagte: »Dein vertrottelter Freund will irgendwas besorgen. Er kommt gleich wieder.«

Trotz dieser Worte lag nichts von der üblichen Unverfrorenheit in seiner Stimme. Joey blieb stehen. Sie sagte: »Ihr Einhörner sterbt.«

»Wir sind nicht unsterblich«, antwortete Indigo, »nur sehr, sehr alt. Ebensowenig machen wir uns alle mit dem Lord Sinti auf den Weg, um die kalten Monate in tiefer Meditation zu verbringen. Wenn der Frühling kommt, kehrt der eine oder andere vielleicht nicht mehr zurück... dann sagen die Ältesten, er hätte uns einfach verlassen, sich in die ›Große Einsamkeit‹ zurückgezogen, wie wir es alle früher oder später einmal tun. Das ist ihre erste Lüge. Die andere kennst du.«

»Warum?« flüsterte Joey. »Warum können sie es den Jungen nicht offen sagen? Jeder ist sterblich.«

»Alte Lügen werden nach langer Zeit zur Wahrheit. Es ist eine sehr alte Lüge, älter noch als der Lord Sinti selbst. Wenn man alt genug wird, stimmt man in die Lüge mit ein. Ist es auf eurer Seite der Grenze denn soviel anders?« Joey antwortete nicht. Indigo sagte: »Wie es anfing, weiß ich nicht. Ich weiß nur, daß ich daran nicht teilhaben will.«

»Aha«, sagte Joey. »Deswegen kommst du rüber und lebst auf meiner Seite der Grenze ein ehrliches Leben. *Dumm.*«

»Du hast eine Älteste getroffen, die genauso denkt wie ich.« Zum ersten Mal klang Indigo defensiv. »Es gibt noch viel mehr von ihnen.«

»Na, wenn sie alle so leben wie die, würde ich sagen: Du hast ein Problem.« Joeys Stimme hörte sich selbst in ihren eigenen Ohren verächtlicher an, als Indigos je geklungen hatte, und sie unternahm einen hoffnungslosen Versuch, es abzumildern. »Ich finde einfach, es ist so *dumm*, und ich wünschte, du würdest es nicht tun, das ist alles.«

»Es ist unklug«, sagte Indigo leise. »Natürlich ist es unklug, und es wird nie mehr als ein paar von uns geben, die diese Wahl treffen. Aber es ist unsere Entscheidung, die erste, die wir jemals treffen. Versuch nicht, dir vorzustellen, was eine unkluge Entscheidung für ein Einhorn bedeutet. Das kannst du nicht, Außerweltliche.«

Spontan berührte Joey sein Gesicht mit ihren Händen, wie Abuelita es bei ihr getan hatte. Sie sagte: »Indigo, diese Frau unter der Autobahn hatte ihr Horn noch. Ich wette, bei den anderen ist es genauso. Ich wette, es gibt keinen Ältesten, der je sein Horn verkauft hat.« Abrupt wich Indigo zurück, warf den Kopf hin und her. Joey sagte: »Du willst deines verkaufen, damit du mit dem Geld besser leben kannst als sie. Aber die anderen werden es schaffen, sie werden leben, und du wirst sterben. In dieser Hinsicht hat der Lord Sinti die Wahrheit gesagt. Du mußt sterben, Indigo.«

Sie konnte die Antwort des weißen Einhorns kaum hören: »Aber ich werde leben! *Ich werde leben!*«

Dann war er verschwunden, und einen Augenblick später kam Touriq zurück, hielt einen Klumpen saftig wirkender Knollen zwischen den Zähnen. »Die sind für dich ... wir nennen sie Mormarek. Die sind schon nicht mehr ganz so gut, aber wenn du sie ißt, kannst du an mich denken ... und an meine Mutter und Ko und Shei'rah.« Als Joey zum Abschied seinen Hals umarmte, flüsterte das Einhornfohlen: »Komm bald wieder. Du wirst mir fehlen.« Außer Abuelita hatte das noch nie jemand zu Joey gesagt, und mit Tränen auf den Wangen überquerte sie die Grenze. Es sollte nicht das letzte Mal sein.

* * * * * * * * Achtes Kapitel * * * * * * * * *

Die Schule neigte sich dem Ende zu. Joeys Bruder Scott fuhr ins Fußballcamp, und die Eltern unternahmen mit Mrs. Riveras Familie ihre jährliche, zweiwöchige Reise in die Gegend von San Francisco. Joey durfte – nach einigem Flehen und gemeinsamen Bemühungen – bei BeeBee Huang bleiben, doch sie verbrachte jede freie Minute in Papas' Musikladen, wo sie lernte, die Musik Shei'rahs für das Klavier zu transkribieren. Mit ihrer fieberhaften Ungeduld machte sie sich die Aufgabe schwerer als nötig: Die Notenschrift verstand sie schnell, doch bei dem Versuch, die blauen Bäume und winzigen Drachen aus Shei'rah in schwarze Schnörkel auf einem fleckigen Blatt Notenpapier zu verwandeln, bekam sie Wutanfälle. »Wieso können *Sie* das nicht machen?« jammerte sie John Papas immer wieder vor. »Ich spiele, Sie müssen es nur aufnehmen und kopieren, wenn Sie zehn Minuten Zeit haben. Wieso muß ich immer alles aufschreiben?«

»Weil *du* die Musik hörst«, antwortete John Papas dann jedesmal mit unerbittlicher Ruhe ... in dieser Frage weigerte er sich strikt, die Geduld mit ihr zu verlieren. »Weil du was Besonderes bist. Ich höre die Musik nicht so wie du ... vielleicht habe ich sie einmal gehört, aber jetzt nicht mehr, deshalb kann ich sie auch nicht spielen. Weil es eine Sünde ist, wirklich, wenn du jemanden etwas aufschreiben läßt, was du selbst fühlst, was du hörst. Es wäre eine Sünde, du könntest die Gabe verlieren, etwas Besonderes zu sein, am Ende vielleicht gebrauchte Banjos verkaufen, so wie ich. Komm schon, paß auf, nennst du das etwa einen Taktstrich? Der schwankt wie ich, wenn ich aus Provotakis' Laden komme. Und wie oft muß ich dir noch sagen, daß die kleinen Fahnen auf die rechte Seite gehören ... halbe Note, Viertelnote, sechzehntel, ganz egal. *Komm* schon.«

So lockte er sie, neckte sie, beschwatzte sie, trieb sie an, bis sie schließlich überrascht sah, wie Fireez sie durch die verschmierten Gitterstäbe der Notenlinien ansah, und das Gelächter der Bach-Jalla in ihren Fingern fühlte, wenn sie einen Hagel anmutig hüpfender Noten notierte. *Ich könnte es hinbekommen, mein Shei'rah. Abuelita, ich könnte es richtig hinbekommen.*

Als sie wagte, John Papas davon zu erzählen, sah dieser sie lange an, bevor er etwas antwortete, und seine Stimme klang überraschend sanft: »Nein, es ist nie *richtig*, Josephine Angelina Rivera. In dieser Welt, in jener Welt, ganz egal. Man schafft es nie, die Leute das sehen zu lassen, was man sieht, was man hört, sie fühlen zu lassen, was man fühlt. Töne schaffen es nicht, Worte schaffen es nicht, Farben, Bronze, Marmor, nichts. Du kannst nur vielleicht etwas herankommen, etwas näher herankommen. Aber *richtig*, wie du sagst? Nein, nein.«

Sie ging nach Shei'rah, wann immer sie wollte, ging oftmals drei, vier Tage hintereinander über die Grenze. Dann wieder, wenn sie sich ihrer zunehmenden Abhängigkeit von der Welt der Ältesten bewußt wurde und sich davor fürchtete, zwang sie sich eine ganze Woche lang, nicht hinzugehen. Die Grenze hatte sich offenbar an der Ecke Alomar und Valencia – einer dunklen, engen Straße, kaum mehr als eine Gasse – als irdischen Koordinaten eingerichtet, vorerst zumindest. Doch jedesmal, wenn Joey sie überschritt, betrat sie eine andere Stelle Shei'rahs, einen Wald oder eine Wiese, das Ufer eines Flusses oder eine steinige Berglandschaft, die sie noch nie gesehen hatte. Dennoch empfing Ko sie jedesmal – meist gemeinsam mit Touriq – und wiederholte dann: »Mein Bart wußte es, Tochter. Ich mußte nur meinem Bart folgen.« Daß der Satyr sie erwartete, blieb das einzige, worauf sie bauen konnte: Woodmont ging im Laufe der Zeit berechenbar vom Sommer in den Herbst über, doch Joey konnte ebenso aus südkalifornischem Strandwetter in kühlen Platzregen geraten wie auch aus brandgefährlichen Santa-Ana-Winden in die klare, blaue Stille einer Frühlingsnacht Shei'rahs hinübertreten. Es lag keine Logik darin, kein Muster, das sie erkennen konnte. Gern fügte sich Joey in Dankbarkeit und Staunen.

Sie begann, einen Zeichenblock und ein paar Stifte mitzunehmen, wann immer sie die Grenze überquerte, denn sie hatte sich entschlossen, Shei'rah so detailliert wie möglich zu kartieren. Ko und Touriq führten sie, wenn sie darum bat, unendlich geduldig und bereitwillig, wenn auch etwas amüsiert. Und es stellte sich heraus, daß die Bach-Jalla, die niemals ihr Flüßchen verließ, die Quelle und den Verlauf eines jeden Wasserlaufs im Lande kannte, so genau, als wäre sie in dessen Bett geboren. »Wir wissen es eben«, sagte sie, als Joey ihr Erstaunen äußerte. »Ihr wißt über diese Dinge Bescheid, von denen du erzählst – wie heißen die noch gleich? – *Wahlen, Rollerblades?* Wir Jallas kennen das Wasser. Ganz einfach.«

Doch Shei'rah weigerte sich, erforscht zu werden, weigerte sich mit fast physischer Energie. Hügel schienen ihr Profil zu ändern, während Joey noch dabei war, sie auf ihrer Karte einzuzeichnen. Täler und Flußschluchten verschoben sich nicht nur unter ihrem Zeichenstift, sondern schienen meist bis zur Unkenntlichkeit verändert, wenn sie sich abwandte und dann versuchte, sie wiederzufinden. Sie konnte die Konturen der Landschaft nicht umfassen: Außer *der* Grenze gab es keine Grenzen. Darüber hinaus begann sie langsam zu verstehen, daß nur die flüchtige Musik seiner Lords in Einhorngestalt Shei'rah seine wahre Form gab, *und ich bin die einzige, die der Musik eine Form geben kann, damit sie in meiner Welt real sein kann. Damit die Menschen sie kennenlernen.* Diesmal eilte sie bei Vollmond nach Hause und äußerte kein einziges Wort des Protestes, als John Papas ihr erklärte, sie hätte die gesamte Harmonielehre nicht begriffen, die er ihr aufgeschrieben hatte. Sie setzte sich an seinen Schreibtisch und wiederholte die Übung sofort und fehlerfrei. John Papas faßte ihr an die Stirn, nur halb im Scherz.

»Sieht bald nach etwas aus«, sagte er eines Nachmittags, als er auf einer alten Klarinette durchspielte, was sie bis dahin aufgeschrieben hatte. »Welche Form genau, kann ich dir nicht sagen, aber irgendwas auf jeden Fall. Vielleicht nennen wir es *Die Sonate des Einhorns*, was meinst du?« Joey sagte, sie habe nichts dagegen einzuwenden.

Freunde von John Papas tauchten im Musikladen auf: stille Männer und Frauen, die wenig sagten, die jedoch mit einer solchen Intensität lauschten, wenn Joey spielte, daß sie selbst ganz unruhig und wortkarg wurde, obwohl ihre Augen groß und ihre Mienen benebelt und verzückt waren. John Papas erklärte ihr später, daß keiner von ihnen jemals solche Musik gehört hätte, und niemand wüßte, was man danach zu ihr sagen sollte. »Du *erschreckst* sie, verstehst du? Das sind Leute, hör zu, die spielen überall in der Welt auf ihren Stradivari und ihren Bösendorfern, für Könige, Königinnen, Filmstars, und sie haben Angst, sie haben solche *Angst*, mit Josephine Angelina Rivera zu sprechen, die auf die Ridgecrest Junior High geht. Wie *findest* du das, hm, Kindchen? Vielleicht arbeitest du jetzt noch etwas härter an den Inversionen, was?« Sein Schnauzbart ungepflegt, das Haar seit Tagen ungekämmt, war er vor Stolz ganz aufgelöst.

Indigo erschien zweimal in diesem Sommer. Jedesmal trug er das silberblaue Horn bei sich, und jedesmal lehnte er sich elegant gegen die Ladentheke, hob das Horn an die Lippen und holte die Nächte und die Dämmerungen in Shei'rah in den muffigen, kleinen Laden, spielte sowohl den Ältesten als auch den Criyaqui, bis selbst die Spinnweben in den Ecken, die Joey nie erreichen konnte, vor Mondlicht glitzerten, und Joey hämmerte vor Enttäuschung auf die Klaviertasten ein. Jedesmal hatte John Papas irgendwie mehr Gold angesammelt, das er ihm bieten konnte – nicht nur Münzen, sondern auch Schmuck und sogar reines Metall –, doch jedesmal verkündete Indigo hochmütig, es sei ihm zu wenig, obwohl Joey seine Unentschlossenheit tief in ihrem Inneren spüren konnte, dort, wo sie auch das Lachen der Bach-Jalla spürte.

Einmal, als John Papas gerade nicht in Hörweite war, fragte sie ihn: »Du willst es doch gar nicht verkaufen, oder? Du kokettierst nur damit, du *weißt*, daß du eines Tages wieder nach Hause willst. Wozu spielst du dieses Spiel?«

Indigo antwortete ihr mit einigem Erstaunen: »Was interessiert es dich, Außerweltliche? Shei'rah ist nicht deine Heimat, und seine Bewohner sind nicht wie du, so sehr du dich auch bemühst. Warum sollte es dich interessieren?«

»Weil ich dort viel mehr Freunde habe als hier«, gab Joey

zurück. »Weil es mir mehr fehlt als dieses Land hier. Deshalb ist es mein Zuhause … eigentlich.«

Indigo grinste sie verbittert an, schüttelte seinen hübschen Kopf.

»Dann sollte diese, eure Welt *mein* Zuhause sein, aber das ist sie nicht und wird sie auch nie sein. Shei'rah bleibt meine Heimat, auch wenn ich es schließlich für immer verlassen haben werde. Und trotzdem ziehe ich es vor, hier zu leben. Wenn ich angemessen für das bezahlt werde, was ich aufgebe.«

Der Sonntagabend, bevor die Schule wieder begann, brachte außerdem die letzte Nacht vor Neumond. Joey überlegte kurz, ob sie Abuelita an einem anderen Tag besuchen sollte, aber feste Gewohnheiten waren ihrer Großmutter inzwischen ungemein wichtig. »Sie sind alles, was ich noch habe, Fina«, hatte sie einmal zu Joey gesagt. »Leute in meinem Alter … die *niños*, die Kinder, sind weg, die Freunde sind weg, der Körper ist schon auf dem Weg. Was bleibt einem anderes als das, was man gerne tut? Wenn ich meine albernen, alten Gewohnheiten nicht hätte, wüßte ich nicht mehr, wer ich bin, verstehst du das?«

Joey plante den Tag sehr genau. Der Mond würde am späten Nachmittag aufgehen: Wenn sie die richtigen Busse bekam, konnte sie noch früh genug zum Abendessen wieder da sein. Obwohl ihre Familie sie weder vermissen noch bemerken würde, wie weit sie von ihnen weg gewesen war, entdeckte sie doch zu ihrer eigenen Überraschung, wie sehr sie an jenen Tagen, an denen sie über die Grenze gehen wollte, an ihnen hing.

Sie bereitete alles vor – inzwischen wußte sie genau, was sie für einen Besuch in Shei'rah in ihren Rucksack stopfen mußte – und dachte sogar daran, ein Bilderbuch mitzunehmen, das sie der Bach-Jalla zeigen wollte, die sich so etwas nicht vorstellen konnte. Als sie damit fertig war, machte sie sich auf den Weg nach Silver Pines, wo Abuelita schon unten im Foyer auf der kleinen Bank wartete.

»Dein Haar sieht komisch aus«, sagte Joey. »Was ist das Weiße da drin? Dein Haar ist doch nicht weiß.«

Abuelita lachte und schlug sich an die Wangen, bis ihre braune Haut fast rosa wurde. »Ich habe einfach aufgehört, es zu färben, Fina. Ich färbe mein Haar seit, oh, Jahre, Jahre. Weil es Ricardo so gefiel, ganz schwarz. Jetzt macht es mir zuviel Mühe. Ricardo wird mich eben nehmen müssen, wie ich bin.« Sie umarmte Joey, dann hielt sie sie auf Armeslänge entfernt, noch immer lachend. »Und du hast es wirklich nie gewußt? Ich liebe dich, Fina.«

Sie hatten gerade ihren ersten Rundgang im kleinen Park absolviert, als Abuelita mit ihrer freien Hand ein goldenes, mit Elfenbein verziertes Armband vom rechten Handgelenk nahm und es flink am Arm ihrer Enkelin befestigte, bevor Joey merkte, was geschah. »Schieb es etwas höher, Kind. Dein Arm ist zu dünn.«

Abrupt blieb Joey stehen. »Das kannst du nicht *tun*«, platzte sie heraus, vor Schreck auf englisch. »Nimm es zurück, Abuelita, es ist zu wertvoll. So was kannst du doch keinem Kind geben.« Sie hantierte an dem zierlichen alten Verschluß herum, versuchte, das Armband wieder abzunehmen.

Abuelita legte eine Hand auf ihre. »Fina, es war schon immer deins, seit deiner Geburt. Ich möchte *hier* sehen, daß du es trägst, nicht erst, wenn ich vom Himmel hinunterblicke. Der ist zu weit weg, dieser Himmel, und meine Augen sind nicht mehr so gut.« Als sich Joeys Augen prompt mit Tränen füllten, schimpfte die alte Frau mit ihr. »Jetzt fang nicht an wie dein Bruder. Es ist nur ein Armband, es ist nur eine Großmutter, es ist nur das Leben. Nicht besser, nicht schlechter, wie ich es dir gesagt habe ... nur das Leben, und das ist gut genug für jeden.«

»Aber ich habe nichts, was ich *dir* geben könnte«, schluchzte Joey.

Abuelita warf ihr einen ihrer leicht spöttischen Blicke zu. »Selbst von einem kleinen Mädchen war das *so* albern, daß wir keine weiteren Worte darüber verlieren. Der Wert liegt im Motiv, nicht im Geschenk. Jeder kann ein Schmuckstück weitergeben, aber niemand kann mir Fina geben. Vom Tag deiner Geburt an, was könnte ich mehr verlangen?«

Abrupt machte sie eine Pause, blieb ganz ruhig stehen, eine Hand hinter ein Ohr gelegt. »Was ist das? Was höre ich da?«

Joey hielt die Luft an, wagte nicht zu sprechen. Weit entfernt und schwach, doch deutlich wie ihr Herzschlag tänzelte die Musik über zwei Autobahnen hinweg, lockend und lieblich, widersprach sich freudig mit jeder Kadenz: für die Ewigkeit gemacht, auf lächerliche Weise anziehend. Und Abuelita hörte es. Joey hätte die Musik Shei'rahs auf dem Gesicht ihrer Großmutter erkannt, selbst wenn sie taub wie ein Stein gewesen wäre.

Unwillkürlich legte Abuelita eine Hand an die Brust, die Augen jung vor Sehnsucht. »Das«, flüsterte sie. »Die Traummusik. Die konntest du mir geben.«

»Die Traummusik.« Jemand, der nicht Joey war, schien zu sprechen, aus weiter Ferne. »Du kannst sie hören?«

»Jede Nacht«, sagte Abuelita. »Jede Nacht, die ganze Nacht lang, ich weiß nicht, wie lange. Ich träume von so seltsamen Orten, Fina, du würdest nicht glauben, wie seltsam. Gesichter, Tiere, solche Sachen – und immer diese Musik. Einmal habe ich Brittany davon erzählt – sie ist meine Krankenschwester, was für *Namen* die haben –, und sie hat mir eine Spritze gegeben. Also erzähle ich niemandem mehr von der Musik. Nur dir.«

Später, als sie alle möglichen Erklärungen brauchte und keine einzige von ihnen glaubhaft war, bezweifelte Joey kein einziges Mal, was sie in diesem Augenblick geantwortet hatte.

»Okay«, sagte sie. »Okay, Abuelita. Gehen wir hinein und holen deinen Mantel und vielleicht noch ein paar andere Sachen. Ich bring' dich zur Traummusik.«

Am Ende mußten sie Silver Pines ohne Erlaubnis verlassen. Zum einen war Abuelita für den Nachmittag zur Massagetherapie eingeteilt, zum anderen durften die Bewohner das Gelände nicht in Begleitung Minderjähriger verlassen. Außerdem wurde abends *Harold und Maude* gezeigt, und der Gedanke, daß eine alte Frau bereit wäre, *Harold und Maude* zu versäumen, schien einigermaßen verdächtig. Sie hatten schon zwei Busse verpaßt, bis Abuelita die Sache endlich in die Hand nahm und Joey zur Hintertür führte, deren Wächter einen verbotenen Walkman in seiner Uniformtasche hatte und nur aufblickte, wenn ein Lastwagen hupte. Sie schlichen vorbei, ohne seine schnipsenden Finger ein einziges Mal aus dem Takt zu bringen.

Seit Joey denken konnte, war Abuelita stets die Abenteurerin der Familie gewesen, die Erwachsene, die am ehesten vorschlug, sich nach China durchzugraben, einen wunderbar beängstigend leeren Schuppen zu erkunden oder über einen sommerlichen See hinüber zur Baja California zu rudern. Jene Abuelita, mit der Joey so oft durch die halbe Stadt gelaufen war, auf der Suche nach einer berühmten Zigeunerin, die aus der Hand las, einen Maria-Felix- oder Cantinflas-Film oder einer Freundin aus ihrer Kindheit in Las Perlas, war ihr fast so unermüdlich wie sie selbst erschienen. Und diese Abuelita, so wenige Jahre später, war schon nach den langen Busfahrten offensichtlich erschöpft, obwohl sie sich weder beklagte noch um Erklärungen bat. Der Musik Shei'rahs galt nach wie vor ihre ganze Aufmerksamkeit, und diese blühte noch in ihren Augen. Doch hinkte sie nach nur wenigen Blocks, und unter der braunen Indianerhaut sah Joey eine erschreckende Blässe heraufziehen.

Ein Block noch. Der Mond ist schon aufgegangen, gut. Ein Block noch bis zur Alomar, und dann sind wir in Shei'rah, und alles wird gut. Alles wird gut, sobald wir die Grenze nach Shei'rah hinter uns haben.

Doch die Grenze war nicht mehr da.

Abuelita lehnte sich gegen den Briefkasten und ruhte sich aus, während sie selbst alle Richtungen absuchte und mit zunehmender Verzweiflung in eine Gasse und dann halb über die Straße lief... alles umsonst. Noch immer war die Musik trotz des Verkehrs auf der Valencia zu hören, doch war kein vertrauter Schimmer in der dunkler werdenden Luft zu sehen, nicht die leiseste Andeutung einer anderen Welt, die einen Schritt entfernt ihren eigenen Silbermorgen atmete. Die Grenze war nicht mehr da.

Geduldig wartete Abuelita am Briefkasten. Joey wandte sich um und ging langsam zu ihr zurück. Sie sagte: »Abuelita, ich kann dich nicht dorthin bringen, woher die Musik kommt. Es ist dieses Land, von dem ich dir erzählt habe, und ich wußte, wie man dort hingelangt, aber ich kann es nicht mehr finden. Es tut mir leid. Es tut mir so leid.«

Ihre Großmutter lächelte und streichelte ihr Haar. »Das macht nichts, Fina. Du kannst mir auf dem Rückweg alles erzählen, und das ist sicher fast genauso gut. Es ist schon *gut*, Fina, du mußt nicht weinen.«

»Es ist nicht gut«, sagte Joey. »Ich wollte dich wirklich, wirk-

LOS

lich gern nach Shei'rah bringen. Weil es so besonders ist, zu besonders, als daß man es erklären könnte, und es gibt niemanden auf der Welt, dem ich es je zeigen könnte. Und jetzt ist es weg, ich habe es verloren und werde es nie wiederfinden, und du wirst es *nie* kennenlernen.« Nur eine Großmutter konnte die letzten beiden Worte verstehen.

Abuelita hielt sie im Arm, dort an der Straßenecke, summte ihr mit tiefer Stimme etwas vor: »Kleine Fina, meine Kleine, du gibst noch immer keinen Ton von dir, wenn du weinst, was, *mi corazón*? Mein Herz, ist schon gut, ist schon gut. Abuelita glaubt dir alles, was du ihr erzählst, hat sie das nicht immer schon getan?« Plötzlich spürte Joey, wie ihr ganzer Körper sich versteifte und sie sich wütend aufrichtete. Auf englisch sagte Abuelita scharf: »Entschuldigen Sie, wir möchten ungestört sein. Gehen Sie weg.«

Indigos Stimme antwortete, zynisch und formell. »Das würde ich gern. Aber vielleicht sollten Sie erst *sie* fragen.« Joey fuhr in Abuelitas Armen herum und sah ihn, kühl und schön wie eh und je in Jeans, graffitibespritztem T-Shirt und blauem Anorak. Er trug das silberblaue Horn. Seine Augen sahen im fahlen Licht des Mondes fast schwarz aus. Leise sagte er: »Die Grenze hat sich verschoben. Bald wird es eine noch größere Verschiebung geben, aber ihr könnt die Grenze noch erreichen. Sie ist nicht weit.«

Joey starrte ihn an. »Du bist gekommen, um uns den Weg zu zeigen? Wieso? Warum solltest du dir die Mühe machen?«

Zum ersten Mal war Indigos Lächeln so gequält und fragend, daß es fast menschlich wirkte. »Ich weiß nicht. Ich weiß es wirklich nicht. Komm.«

Abuelita sagte auf spanisch zu Joey: »Du kennst ihn? Dem würde ich keinen Augenblick trauen. *Viel* zu hübsch.«

Joey lachte hilflos und umarmte sie. »Abuelita, das ist Indigo. Es ist eine lange Geschichte. Indigo, das ist Señora Alicia Ifigenia Sandoval y Rivera. Sie ist meine Großmutter.«

Zu ihrer Überraschung nahm der Junge höflich Abuelitas Hand und küßte sie, als würde er eine Königin grüßen. Abuelita schnappte nach Luft, doch dann lächelte sie und nickte: eine Königin, der man die Ehre erwies. Indigo sagte: »Wenn ihr Shei'rah finden wollt, dann kommt.«

Joey sah Abuelita an, die sagte: »Ich muß ins Heim zurück, Fina. Dieses Shei'rah, dauert das lange?«

»Gar nicht lange«, antwortete Joey. »Ich verspreche dir, daß du wieder in Silver Pines bist, bevor sie überhaupt wissen, daß du weg warst, Abuelita.«

»Na«, sagte ihre Großmutter. »Okay dann. Laßt uns gehen. *Vamonos, chicos!*«

Mutig tat sie einen Schritt, folgte Indigo, als dieser sie fort von der Alomar Street führte und überraschenderweise direkt das Geschäftsviertel ansteuerte. Doch sie hinkte inzwischen sehr, und sehr bald schon wurde es für Joey und sie unmöglich, Indigos forschen, zügigen Schritten zu folgen. Als Joey ihm schließlich hinterherrief, drehte er sich um, einen Block weit voraus, und wartete ungeduldig, bis sie ihn eingeholt hatten. Joey sagte: »Du wirst sie tragen müssen. Du wirst dich verwandeln müssen.«

Indigo lachte lauthals, was ungewöhnlich scharf und direkt klang. »Ich bin nicht dein kleiner Touriq. Ich trage niemanden.«

Abuelita sah von einem zum anderen. Joey sagte, vorsichtiger als sie je etwas gesagt hatte: »Hör zu. Das hier ist meine Großmutter. Es ist mir egal, ob du ewig lebst, aber du wirst in deinem Leben nie mehr jemanden wie sie kennenlernen. Sie wird Shei'rah sehen, und wenn es das letzte ist, was ich jemals tue, wie ich langsam, aber sicher vermute. Also wirst du sie dahin tragen... auf zwei Beinen oder vieren, das ist deine Sache. Leg dich bloß nicht mit mir an, Indigo!«

Erst als sie fertig war, merkte sie, daß sie schrie. Ihr Hals tat weh, ein erstaunter Ältester glotzte sie an, und von irgendwoher sagte Abuelita stolz auf englisch: »Das ist meine Fina. Ich weiß nicht, wovon sie redet, aber sie ist ein echtes *Herzchen*!« Und auf der anderen Seite eines Parkplatzes, hinter dem kalt beleuchteten Schaufenster eines Möbelladens – *oh, nicht weit, nicht weit!* – rief die Musik Shei'rahs nach ihnen.

Indigo sah Joey sehr lange schweigend an. Es war noch früh, doch die Straßen um sie herum waren bereits leer, bis auf die Autos der Pendler auf dem Heimweg. Zwei Jungen auf Fahrrädern kamen vorbei, gefolgt von einem Streifenwagen, dessen Fahrer Indigo, Abuelita und Joey im Vorüberfahren neugierige Blicke zuwarf. Joey hörte einen Zug pfeifen und das eiserne Husten eines Schaufenstergitters, das heruntergelassen wurde.

»Siehst du«, sagte Indigo schließlich. »Da haben wir's. Nicht einmal der Lord Sinti persönlich hätte jemals so mit mir gesprochen. Da muß erst ein sterbliches Kind kommen, ohne Manieren, ohne Geduld und ohne Verständnis für wichtige Dinge. Und dennoch fragst du, wieso ich lieber auf dieser Seite der Grenze leben will.« Dann lächelte er. »Also gut, wie du möchtest. Ich werde mich verwandeln.«

Eilig wandte sich Joey zu Abuelita um und nahm sie sanft bei den Schultern. Auf spanisch sagte sie: »Abuelita, hör zu, bitte. Was auch immer geschieht, was auch immer Indigo tut, fürchte dich bitte nicht. Es ist nur etwas, das er beherrscht, mehr nicht, und er macht es nur, um uns zu helfen. Versprich mir, daß du dich nicht fürchtest.«

Ihre Großmutter sah zu ihr auf, die Augen weise und müde unter schweren Lidern. Auf englisch erwiderte sie: »Ich hab' doch schon gesagt, ich habe keine Ahnung, wovon ihr redet. Laß ihn tun, was er tun will, und mach dir um mich keine Gedanken. Ich bin zu alt, um mich noch zu fürchten, Fina.« Sie löste sich aus Joeys Händen.

Indigo trat zurück. Er schüttelte heftig Kopf und Schultern und öffnete wortlos den Mund. Etwas Unsichtbares schien Besitz von ihm zu ergreifen, ihn zwischen seinen Kiefern zu schütteln, bis er auszufransen begann, langsam seine Umrisse einbüßte und in alle Richtungen auseinanderstob. Abuelita stöhnte auf und nahm Joey bei der Hand, doch gab sie sonst keinen Laut von sich.

Dort an der Straßenecke in einem südkalifornischen Vorort – während die San-Diego-Autobahn in der Ferne murmelte – löste sich Indigo vor ihren Augen auf und floß gleichzeitig in seine neue Form zurück: paarhufig, mit zierlichem Bart, in dieser Welt noch weißer als in seiner eigenen. Joey konnte im Licht einer Straßenlaterne sehen, daß sein Horn nicht gänzlich weiß war, sondern dunkler an Sockel und Spitze, wie Schneeschatten. Er neigte den Kopf vor Abuelita, und sie seufzte wie eine Liebende.

»Er wird dich auf seinem Rücken tragen«, sagte Joey. »Es geht schon, er wird dir helfen.« Indigo kniete am Randstein nieder.

Lange sah Abuelita ihn an, dann Joey, und dann hinauf in den dunklen Himmel. Leise sagte sie in einem Spanisch, welches so förmlich klang, daß Joey es kaum verstand: »Ricardo, vielleicht ist das der Weg, auf dem ich zu dir kommen soll. Möge es so sein.« Dann schwang sie sich wendig und selbstsicher wie ein junges Mädchen auf Indigos Rücken. Sie hielt sich an seiner Mähne fest, während er langsam die ersten Schritte machte.

»Was ist mit mir?« protestierte Joey. »Ich bin total erschlagen, ich komm' nicht hinterher. Kann ich nicht auch reiten?«

Indigo warf ihr einen strahlenden, amüsierten Blick zu. Absichtlich beschleunigte er seinen Schritt, und Joey keuchte neben ihm her, hielt sich an Abuelitas Knöchel fest. »Wenn sich die Grenze wieder verschiebt«, sagte er, »kommt sie nicht mehr an diesen Ort zurück. Ihr müßt aufpassen, daß ihr Shei'rah rechtzeitig verlaßt.«

»Wie rechtzeitig? Was meinst du damit? Wie sollen wir das wissen?« Indigo ignorierte Joeys Frage vollkommen. Er hatte sich inzwischen von den Straßen der Innenstadt abgewandt, und mit wachsender Unruhe merkte Joey, daß er direkt in Richtung San-Diego-Autobahn lief. Sie sah Abuelita an, die aufrecht auf dem Rücken des weißen Einhorns ritt, ihr Gesicht ganz jung vor Staunen, ihr Mund bewegte sich wortlos, das schwarzweiße Haar wogte lose um ihren Kopf. *Sie fürchtet sich nicht, Großvater. Oh, sie fürchtet sich kein bißchen.*

Immer wieder hupte ein Auto hinter ihnen. Einen Augenblick lang blickte Joey sich um und sah hinter einer Windschutzscheibe eine Menge junger Gesichter mit offenen Mündern, doch da bekam Indigo sie schon hinten am T-Shirt mit den Zähnen zu fassen, hob sie mühelos vom Boden auf und setzte sie vor Abuelita, die sie festhielt, während sie noch um ihr Gleichgewicht kämpfte. Dann hämmerten Indigos Hufe die Auffahrt hinauf und mitten hinein in den Verkehr auf der Autobahn. Inzwischen heulten die Hupen wie verrückt, Bremsen kreischten und Scheinwerfer rasten in alle Richtungen wie ein aufgeschreckter Schwarm Fische, während die Fahrer versuchten abzubremsen, zu beschleunigen, die Fahrbahn zu wechseln und gleichzeitig nicht mit dem Unmöglichen zu kollidieren. Zu benommen, um sich zu fürchten, schloß Joey die Augen und klammerte sich an Indigos Mähne fest, spürte Abuelitas ruhige Hände an ihrer Hüfte, die sie stützten. Abuelita sagte ihr ins Ohr: »Ist schon gut, Fina. Uns wird nichts passieren.« Für Joey klang es, als lachte ihre Großmutter.

Indigo bog nach links und wieder nach links, schob sich wie der geschickteste aller kalifornischen Fahrer zwischen Autos, Lieferwagen und donnertosenden Lastern hindurch. Eine grasbewachsene Insel tauchte zu ihrer Linken auf: Weich sprang er in deren dürftigen Schutz und stand unbeweglich, ignorierte die dunklen Schatten, die auf beiden Seiten vorüberschossen, und das gelegentliche Todesheulen eines Kotflügels, wenn Autos, deren Fahrer sich nach ihnen umdrehten, mit anderen kollidierten. Inmitten dieses blitzenden Chaos sagte Indigo ganz deutlich: »Ohne mich hättet ihr es nie gefunden. Denkt immer daran.«

Er tat zwei entschlossene Schritte zur anderen Seite der Verkehrsinsel hin. Shei'rahs greller Mittag erblühte still um sie herum. Hinter Joey sagte Abuelita leise: »Oh.«

* * * * * * * Neuntes Kapitel * * * * * * * *

Joey hatte fest damit gerechnet, Abuelita beruhigen zu müssen, die Furcht und Verwirrung einer alten Frau fortzustreicheln, doch nichts davon geschah. Der leise Aufschrei ihrer Großmutter, als diese anmutig von Indigos Rücken glitt, galt der Wiese, die auch Joey als allererstes in Shei'rah gesehen hatte. *»Ay, que milagro«*, flüsterte sie, bückte sich, um beide Hände in den orangezüngigen Blumen zu baden, »oh, welch Wunder.« Als sie zu Joey aufblickte, hatte sie ein Gesicht, wie Joey es nie zuvor gesehen hatte, das Geburtstagsgesicht eines Kindes. »*Ay*, Fina, du hast es geschafft. Du hast mir die Musik geschenkt.«

Joey umarmte sie, warf jedoch gleichzeitig einen wachsamen Blick in den strahlenden Himmel. »Wir sollten besser in den Wald gehen. Die Perytone kommen oft hierher.« Indigo war ohne ein Wort verschwunden.

»Perytone.« Abuelita versuchte sich an dem Wort, strich über Joeys Haar. »*Peritonos.* Sie klingen hübsch.« Sie sah über Joeys Schulter, und plötzlich erstarrte ihre zärtliche Hand in der Bewegung. Hastig drehte Joey sich um. Der Lord Sinti kam ihnen entgegen.

Joey konnte sich nicht erinnern, das schwarze Einhorn je am hellichten Tag gesehen zu haben. Sie kannte es als Wesen der Abend- und Morgendämmerung, des Zwielichts und Schattens, zutiefst anwesend, doch nie ganz sichtbar. Nun, als er entschlossen in ihre Richtung kam, wirkte er im Sonnenlicht noch dunkler, so schwarz, daß alles – nur nicht seine Schwärze – Joey in den Augen schmerzte. Er hielt seinen Kopf aufrecht, so daß die Wucherungen, die seine Augen verschlossen, türkis in der Sonne erstrahlten, und die Musik Shei'rahs, die näher klang, als Joey sie jemals gehört hatte, umtänzelte ihn wie Delphine, die ihm das Geleit gaben. *Er will sich vor Abuelita wichtig tun*, dachte sie albernerweise, spürte, wie ein Schluchzen und ein Kichern in ihrer Kehle aufstiegen.

Sinti schritt an ihr vorbei, ohne ihr das geringste Zeichen zu geben, daß er sie wiedererkannte, und ging ohne Umschweife zu Abuelita, neigte das schwarze Horn, bis es den Saum ihres Kleides berührte. Bedächtig, verwundert streckte Abuelita eine Hand aus, um die Stelle zu berühren, an der es aus seiner Stirn trat. Sie sagte: »Das habe ich geträumt. Ich habe von dir geträumt.«

»Wir haben voneinander geträumt«, sagte der Lord Sinti. Seine Stimme war ein Ruhepol in Joeys rasenden Gedanken. »Willkommen, Alicia Ifigenia Sandoval y Rivera.«

»Alicia Ifigenia Josephina«, verbesserte Abuelita ihn. Sie drückte Joeys Hand, doch starrte sie auch weiterhin nur Sinti an. Das schwarze Einhorn sagte: »Einmal in ewigen Zeiten geschieht es, daß ein Traum in eurer Welt einen Traum in Shei'rah berührt. Es kommt selten vor, aber manchmal eben doch.«

Benebelt und irgendwie abwesend bemerkte Joey, daß sie Sinti auf englisch hörte, Abuelita jedoch forsch auf spanisch antwortete. »Es kommt selten vor, sagst du? Dann kommt doch mal ins Silver-Pines-Seniorenheim. Da sind lauter alte Damen wie ich, und alle träumen von einem Land wie diesem. Was gibt es denn sonst noch für uns, sag mir das mal. Wenn ich jede Nacht von dir geträumt habe, seit ich dorthin gekommen bin, Nacht für Nacht, wer weiß, was die anderen alten Frauen, die *viejas*, träumen.«

Sie streichelte Sinti am Hals, und Joey sah, daß sich der Älteste der Ältesten wie eine Hauskatze in die Berührung schmiegte. Er sagte: »Aber ich habe auch von dir geträumt, und ich bin keine Großmutter in Silver Pines.« Er wandte Joey seinen blinden Kopf zu. »Als sie das erste Mal kam, dachte ich, du wärst es. Ich dachte, ich hätte die falsche Zeit geträumt.«

Abuelita legte den freien Arm um Joeys Schultern. »Meine Fina ist wie *ich*, nur besser. Das neue, verbesserte Modell.« Ihr Gesicht verdüsterte sich, als sie ihre Hände sanft auf die Augen des schwarzen Einhorns legte. »Ich habe nicht geträumt, daß du blind bist, *pobrecito*. Armes Kind, was ist das?«

»Es geschieht mit allen«, erklärte Joey. »Mit den ältesten zuerst, dann mit den ... den kleinen.« Sie dachte an Touriq und wünschte ihn her.

Wieder berührte Abuelita die Augen des schwarzen Einhorns. »Das hier, ich muß mich erinnern, was wir in Las Perlas getan haben. Wir waren zu arm, um uns Ärzte leisten zu können, aber es gab da etwas ... es fällt mir wieder ein.«

Sie warf einen Blick über die Wiese und seufzte zufrieden. »Wer führt mich durch dieses schöne Land?«

Die Bach-Jalla war eine Weile eifersüchtig auf Abuelita. Da sie selbst keine Familie besaß – nur das intensive Zusammengehörigkeitsgefühl aller Jallas, so abgeschieden sie auch leben mochten –, verstand sie die Vertrautheit zwischen Joey und

Abuelita automatisch als Zurückweisung. Es war seltsam, aber sie fühlte sich ausgeschlossen. Sie empfand Abuelitas Alter als erstaunliches Wunder, ihre faltige, braune Haut und das weiße Haar waren Gaben, die sie ihr zutiefst neidete. »Wenn du immer mit jemandem zusammen sein kannst, der so schön ist«, sagte sie ernst zu Joey, »wieso solltest du dich dann mit einer gewöhnlichen Bach-Jalla abgeben?« Erst als Abuelita sich gleichmütig ans Ufer setzte, ihre arthritischen Füße im Wasser baumeln ließ und anfing, aus dem Buch vorzulesen, das Joey in ihrem Rucksack mitgebracht hatte, traute sich der Wassergeist ein wenig näher. Klugerweise ging Joey mit Touriq zusammen weg, kehrte einige Stunden später allein zurück und fand die beiden in seligem Schlummer. Der Kopf der Bach-Jalla lag auf Abuelitas Schoß, und sie hielt das Bilderbuch mit ihren beiden feuchten Schwimmhänden.

Joey war mit Abuelita in Shei'rah ganz einfach so glücklich wie noch nie in ihrem Leben. Ihre kühnsten Erwartungen wurden übertroffen: Ihre Großmutter – so feurig und neugierig, als hätte sie ihre siebzig Jahre einfach abgeschüttelt – bestand darauf, überall hinzugehen, alles zu erkunden, alles zu lernen. Joey sagte zu Ko: »Es ist, als würde man eine Dreijährige hüten. Kaum drehst du dich um, versucht sie, sich einen Jakhao mal richtig aus der Nähe anzuschauen, oder sie spaziert im Freien herum und pflückt Blumen, glücklich wie eine Muschel bei Flut, genau da, wo die Perytone *sie* hätten pflücken können. Glücklich wie eine Muschel bei Flut.« Sie lachte und zuckte mit den Schultern. »Gestern habe ich sie nur eine Minute aus den Augen gelassen und fand sie erst nach Sonnenuntergang wieder. Ich hatte wirklich Angst um sie. Weißt du, wo sie war? Rate doch mal.«

»Mit einem meiner jüngeren Vettern unterwegs.« Ko blickte zu Boden. »Entschuldige, Tochter.«

»Oh, sie hatte ihren Spaß, glaub mir«, sagte Joey. »Sie hat sich prima damit amüsiert, im Wald herumzustreunen. Ich kann es nicht fassen. Es ist, als hätte ich plötzlich eine ganz andere Großmutter, eine, die ich kaum kenne.« Sie seufzte. »Es wird sicher ein Drama, wenn ich sie nach Hause bringen muß. Wenn es Zeit wird.«

Doch wann diese Zeit kommen würde, konnten ihr weder Ko noch die Ältesten sagen. Sie erfuhr lediglich – von Touriqs Mutter Fireez –, daß eine echte Grenzverschiebung – im Gegensatz zum kurzen Beben, das die Grenze nur mitten auf die San-Diego-Autobahn geworfen hatte – sämtliche Regeln der Grenzüberschreitung zwischen den beiden Welten brach. »Es muß kein Mond da sein – eine Verschiebung kann irgendwann tagsüber oder nachts geschehen. Doch der Zeitraum, in dem wir hinübergehen können, wird sehr kurz, viel kürzer als gewöhnlich sein. Und die Übergänge ändern sich, wie du weißt.« Sie ermahnte Touriq, weil er zu grob mit einem kleinen Satyr spielte, und wandte sich wieder Joey zu. »Eins aber kann ich dir sagen. Achte auf die Shendi.«

»Die Shendi«, wiederholte Joey. »Die kleinen Drachen?«

Fireez nickte. »Wo sie sind, wird zu diesem Zeitpunkt auch die Grenze sein. Achte stets auf sie. Sag es auch deiner Großmutter.« Das meerschaumfarbene Einhorn betrachtete sie mit seinen heiteren, unergründlichen Augen, deren Blick Joey nie länger standhalten konnte, weil sie davon ganz benommen wurde. »Dann heißt es Lebewohl, Josephine.«

Abgesehen von Sinti nannten die Ältesten sie nur selten bei ihrem Namen. Joey fühlte, wie sich ihr die Kehle zusammenschnürte. »Vielleicht auch nicht. Ich meine, vielleicht verschiebt sich die Grenze nur nach San Francisco oder irgendwohin. Sogar Yuba City, das wär' doch was. Ich habe einen Onkel in Yuba City.«

Touriq drückte sich fest an Joey, stieß den Kopf an ihre Brust und trat ihr auf die Füße. Fireez sagte: »Diese Verschiebung wird Shei'rah in sehr weite Ferne führen. Ich kann es fühlen.« Sie zögerte, strich ihr Horn kurz über Joeys Wange und fügte dann hinzu: »Diejenigen von uns, die jetzt in eurer Welt leben ... ich glaube, sie werden die Grenze nie mehr finden, nur dir gelingt es vielleicht. Wenn du sie findest, sag es ihnen. Achte auf sie und sag ihnen, wo wir sind, Josephine.«

»Ja«, flüsterte Joey. »Ja, das werde ich tun.«

Auch weiterhin zeichnete sie ihre Karten und Bilder von Shei'rah, skizzierte das Leben dort mit unbekannter, drastischer Intensität. Dank ihres Unterrichts bei John Papas war sie nun in der Lage, auf improvisiertem Notenpapier Fragmente der Musik zu kritzeln, die hier so sehr ein Teil ihres täglichen Atems war wie der Duft jener Blumen, deren Namen sie noch immer nicht kannte. Die Bach-Jalla betrachtete sie fasziniert und ungewohnt schweigsam, bis sie schließlich fragte: »Was willst du damit machen, meine Schwester? Wenn du Shei'rahs Gesänge zwischen diesen schwarzen Linien festgezurrt hast?«

»Na, dann gebe ich sie den Menschen«, sagte Joey betreten. »Also, da wo ich herkomme, gibt es alle möglichen Menschen, die liebend gern die Musik der Ältesten spielen würden. Die können sie aus dem lernen, was ich gerade aufschreibe, und dann überall auf der Welt spielen. In meiner Welt auf der anderen Seite der Grenze.«

»Ah«, sagte die Bach-Jalla. »Und was dann?«

»Woher soll ich denn das wissen?« gab Joey zurück. »Das

sind doch erwachsene Leute, ich bin nur ein Kind, was weiß ich denn schon? Sie spielen die Musik einfach, mehr nicht, und vielleicht werde ich berühmt und komme ins Fernsehen. Und fang jetzt nicht wieder an – vom Fernsehen habe ich dir schon erzählt.«

Lässig streckte sich die Bach-Jalla im Wasser aus und schnappte sich einen Fisch, ohne ihn genau anzusehen. Während sie präzise und nachdenklich daran herumknabberte, als nagte sie Maiskörner vom Kolben – und Joey wegschauen mußte –, bemerkte sie: »Aber mich wirst du nicht haben.« Joey antwortete nicht. Leise sagte die Bach-Jalla: »Das mit dem Schreiben verstehe ich jetzt, auch mit den Büchern und Bildern, sogar das Fernsehen. Aber nichts davon bin ich. Du kannst mein Bild malen, du kannst jedes Wort aufschreiben, das ich sage, aber wenn das alles getan ist, schwimmst du trotzdem nicht im Fluß mit mir, hörst nicht, wie ich dich *Schwester* nenne. Also ist das doch alles lächerlich. Komm und fang Fische mit mir.«

Auf den Spuren der Shendi zu bleiben, war noch schwieriger, als Abuelita zu hüten. Shendi bleiben ein Leben lang beim selben Partner, und meist leben sie mit anderen Pärchen in Sippen zusammen. Doch keines der Drachengelege, die Joey kannte, war an den heißen, trockenen Orten zu finden, an denen die Shendi normalerweise ihre Eier ablegten und ihre handflächengroßen Kinder großzogen. Eines späten Nachmittags endlich stieß sie auf eine kleine Schar in einer flachen Schlucht im Abendrotwald, wo sie in einem feuchten, hohlen Stamm Schutz suchten... erschreckend untypisch für die Shendi. Abuelita stand etwas abseits und sah sich an, wie die Kleinen zu fliegen versuchten, während die Erwachsenen sie im Auge behielten. Der Lord Sinti war bei ihr.

Joey lief zu Abuelita und drückte sie fest an sich. In ihrem besten Spanisch sagte sie: »Großmutter, von jetzt an mußt du immer ganz in meiner Nähe bleiben. Es könnte sein, daß wir ganz schnell weg müssen.«

Abuelita lächelte. »Das einzig Gute daran, so alt zu sein wie ich, Fina, ist, daß man nichts mehr ganz schnell machen muß.« Sie zwinkerte und nickte dann dem schwarzen Einhorn zu. *Er* weiß es.«

Sinti sagte zu Joey: »Es war klug von dir, diesen Ort zu suchen. Ich denke, hier wird der Übergang sein, wenn die Verschiebung kommt.«

»Du denkst es«, antwortete Joey. »Du bist nicht sicher.« Sinti antwortete nicht. Joey holte tief Luft: »Indigo sagt, daß die Ältesten auf der anderen Seite der Grenze überleben können. Es stimmt, ich habe sie gesehen.« Das schwarze Einhorn wartete, rührte sich nicht. »Und ... und er sagt, daß die Ältesten nicht ewig leben. Er sagt, es wäre eine Lüge ...« Ihre Stimme erstarb mit den letzten Worten.

»Kind, niemand lebt ewig«, sagte Abuelita. »Das darf nicht sein. Das hätte ich dir sagen können.« Sinti schien sich innerlich zurückzuziehen, wurde augenblicklich größer und dunkler und irgendwie weniger massiv: ein großer Dämmerungsschatten, niedergedrückt von seiner eigenen düsteren Weisheit.

»Vielleicht ist es das, was uns aneinander bindet«, sagte er. »Deinesgleichen und meinesgleichen, eure Welt und unsere. Unser Leben ist so viel länger als eures, sogar viel länger als das Leben der Tirujai, so lang, daß wir tatsächlich manchmal vergessen, daß wir nicht unsterblich sind. Und dennoch fürchten wir den Tod so sehr wie ihr ... vielleicht sogar noch mehr, weil Shei'rah so viel freundlicher zu uns ist als eure Welt zu euch. Es beschämt uns, dieses Wissen, daß wir sterben müssen, und wenn wir es vor unseren Kindern verheimlichen, verheimlichen wir es auch vor uns selbst, so gut wir können. Ich glaube ganz fest, daß wir einmal anders waren, doch das war selbst noch vor meiner Zeit, und das ist jetzt die ganze Wahrheit.«

»*Ay*, ihr solltet unbedingt ins Silver-Pines-Seniorenheim kommen«, sagte Abuelita sanft. »Wenn ihr sehen wollt, was passiert, wenn man seine Kinder belügt.«

Noch immer sah Sinti Joey an. »Ich habe es dir schon einmal gesagt: von Anfang an, in jeder einzelnen Generation, hat es immer Älteste gegeben, welche die Grenze in menschlicher Gestalt überquert haben. Doch ich habe nicht erwähnt, daß einige nie zurückgekehrt, sondern für immer zwischen euch verschwunden sind. Es war ihre eigene Entscheidung, und wir achten sie, doch ermutigen wir niemanden dazu.« Abrupt wandte er sich ab, doch seine Stimme klang noch reuevoll in Joeys Denken nach. »Vielleicht ist unsere Erblindung das Ergebnis dessen, was wir zu sehen uns geweigert haben. Es könnte sein.«

Abuelita beobachtete, wie er zwischen den blauen Bäumen verschwand, und sagte zu Joey: »Er spricht so schön. So hat dein Großvater immer nach dem zweiten Glas Pulque gesprochen.« Das lange, weite Kleid, das sie auf ihren gemeinsamen Ausflug mitgenommen hatte, weil Joey sie dazu überredet hatte, war am Saum zerfetzt und voller Flecken von der Erde und dem Gras Shei'rahs; doch hatten ihre braunen Wangen eine warme Farbe, die Joey noch nie zuvor gesehen hatte, und ihre Augen funkelten wie der Strom der Bach-Jalla in der Nachmittagssonne. Sie sagte: »Danke, daß du mich hergebracht hast, Fina. Wo auch immer wir sein mögen.«

»Ich weiß es nicht«, sagte Joey. »Also für mich ist es okay, aber wenn man es genau bedenkt, gibt es in Shei'rah nicht besonders viel zu tun, weißt du. Wahrscheinlich wird dir mit der Zeit langweilig.«

Abuelita lächelte. »Fina, drüben in Silver Pines bieten sie alles mögliche für alte Leute an. Es gibt Golf, es gibt Pingpong, Schreibkurse, Kostümparties, Theaterstücke ... man kann sogar Karate und Massage lernen, wenn man will. Aber hier kann ich zum ersten Mal seit sehr langer Zeit einfach *sein*. Sitzen und den ganzen Tag an nichts denken. Blumen riechen, die ich im ganzen Leben noch nicht gerochen habe. Dem kleinen Mädchen im Wasser Geschichten erzählen oder trinken und tanzen mit diesen haarigen Leuten, die so komisch riechen. Muß niemandem irgendwas erklären. Wenn du so alt bist wie ich, Fina, wirst du verstehen, wie gut es tut, wenn man nichts mehr erklären muß.«

Eines der Shendi-Kinder entging für einen Moment den wachsamen Augen seiner Eltern, stakste zu Abuelita hin, stellte seinen geschuppten, klauenbesetzten Fuß auf ihren Schuh und zischte sie an. Abuelita ging bequem in die Hocke, streckte die Hand aus und gurrte: »*Ven aquí*, kleiner Schatz, kleiner Bösewicht, komm her.« Der kleine Drache huschte rückwärts, stolperte über seine eigenen Füße, raffte sich auf und näherte sich noch einmal argwöhnisch den braunen Fingern. Abuelita sah zu dem Männchen und dem Weibchen hinüber, die nun warnend ihre schwarz gerippten, türkisfarbenen Flügel hoben, und sagte deutlich: »Ich bin niemand. Ich bin ein Baum, ein Stein, ein Sonnenstrahl, mehr nicht.« Ganz langsam ließen sie wieder die Flügel sinken.

Joey sagte: »Es ist nicht zu fassen! Seit *Monaten* versuche ich, in ihre Nähe zu kommen!« Schließlich nahm sich das Shendi-Kind ein Herz und kletterte in Abuelitas hohle Hand. Ohne aufzustehen, führte sie diese nah an ihr Gesicht, und die beiden sahen einander lange an.

»Na ja, alt zu sein bringt noch etwas mit sich«, sagte Abuelita. »Die anderen fürchten sich nicht mehr so sehr vor einem.« Sie setzte den Drachen auf die Erde, und dieser stolzierte zu seinen Eltern zurück, die doppelt so groß aussahen wie er. Das Weibchen schlug ihn prompt zu Boden und sammelte ihn dann ein. Abuelita sagte: »Fina, ich *weiß*, daß wir etwas gegen diese Blindheit tun können. Es muß mir jeden Moment einfallen.«

»Abuelita, hast du gehört, was ich gesagt habe?« fragte Joey. »Es könnte sein, daß wir ganz, ganz schnell weg müssen, sonst gehen wir über die Grenze und kommen in China oder sonstwo raus.«

»Mmmm«, brummte Abuelita. Noch immer hockte sie am Boden, schloß die Augen. »Wäre das nicht was, China?« Da gab Joey es auf und ließ sich neben sie plumpsen, auf dem Bauch liegend sah sie sich die kleinen Drachen an.

* * * * * * * Zehntes Kapitel * * * * * * * *

Es fiel Abuelita wieder ein, und zwar mitten in einer mondlosen Nacht, die so warm war, daß sie und Joey draußen schliefen, gemütlich zusammengerollt an einem geschützten Hang, nicht weit vom Abendrotwald entfernt. Sie setzte sich auf, als hätte sie gar nicht geschlafen, versetzte Joey einen Schlag an die Hüfte und verkündete lauthals: »*Oro!* Gold ist es!«

»Etwas lauter«, murmelte Joey, zu benommen, um Spanisch zu sprechen. »Vielleicht gibt es da draußen noch einen Peryton, der dich nicht gehört hat.« Abuelita war schon auf den Beinen, klatschte in die Hände und drehte sich in kleinen, verzückten Kreisen. »Gold, Fina! Für die Augen, Gold, *ja*! So haben wir es in Las Perlas gemacht!«

Langsam setzte Joey sich auf, schüttelte den Kopf auf ihrem steifen Nacken: »Abuelita, ihr hattet kein Gold in Las Perlas. Ihr hattet nicht mal fließendes Wasser.«

»Fließend Wasser nicht. Geld nicht, natürlich nicht. Aber *Gold*!« Ihre Großmutter hockte sich neben Joey, sprach ernsthaft, doch lachte sie mit ihren Worten. »Immer war irgendwo etwas Gold, besonders in einem kleinen, armen Ort wie Las

Perlas. Ein Armband wie das, was ich dir gegeben habe, Ohrringe, eine Uhr, ein alter Orden vielleicht oder sogar eine Schuhschnalle. Du wärst überrascht, was alles aus Gold ist und wer welches besitzt. *Tú sabes*, für alle Fälle, verstehst du.«

»Wie Mr. Papas.« Joey rieb sich mit den Knöcheln die Augen, die noch zusammenklebten. »Mr. Papas mit all seinen Münzen in einem kleinen Kasten, für alle Fälle. Und seine Freunde genauso.« Ihr Gähnen verschluckte die letzten Worte. »Okay, was ist nun mit dem Gold? Was ist mit den Augen?«

»*Pues*, also das einzige, was es da drunten in Las Perlas reichlich gab, waren Blinde, Menschen mit schlimmen Augenproblemen. Besonders Kinder.« Mit den Ellbogen auf ihren Knien beugte sich Abuelita vor, faltete die Hände. »Also. Irgendwer kam mit einem Ring, einem Armreif, und man schmolz ihn zusammen und gab ein paar Dinge hinzu. Zerstampfte das Gold auf einer *metate*, auf einer Steinplatte, machte eine – was? Eine *embrocacion*? –, machte eine Art Salbe und verrieb sie auf den Augen. Sie war heiß, das weiß ich noch. Ich weiß nicht, ob es das Gold war, aber ich weiß noch, wie es sich in meiner Hand anfühlte.« Sie seufzte ausgiebig und zart. »*Ay*, du hast einiges versäumt, Fina, weil du nicht in Las Perlas aufgewachsen bist.«

»Das möchte ich wetten«, sagte Joey. Inzwischen war sie hellwach, erinnerte sich daran, daß Abuelita viele Geschichten von Las Perlas erzählt hatte. »Und hat es funktioniert? Hat irgend jemand sein Augenlicht wiederbekommen?«

»*La verdad!* Leute, die vollkommen erblindet waren, sahen nach kurzer Zeit wieder. Das ist die Wahrheit, Fina!«

Selbst ohne Mond leuchteten Abuelitas Augen vor Freude.

»Tja, es gibt aber keine goldenen Uhren in Shei'rah, soviel ist mal klar...« Joeys Stimme erstarb, langsam stand sie auf, und dann fragte sie so leise, daß Abuelita sich anstrengen mußte, um sie zu hören: »Welche anderen Dinge? Was habt ihr sonst noch reingetan?«

»Ah, *darüber* muß ich erst nachdenken.« Abuelita seufzte, runzelte die Stirn und kratzte sich am Kopf. »Was könnte es wohl gewesen sein? Was hatten wir? Blätter, es gab eine spezielle Sorte Blätter, die man zermahlen mußte. Geh du und such uns etwas Gold, während ich versuche, mich zu erinnern, Fina. Solche Dinge fallen einer alten Frau nur langsam ein. Geh nur, ich bleibe hier.« Abuelita ging in die Hocke, hielt die Fingerspitzen aneinander, lächelte ins Nichts und sah dabei so friedlich und beständig wie ein Baum aus. Und Joey stolperte halb lachend, halb verzweifelt und total durcheinander in die Dunkelheit hinein, auf der Suche nach Gold.

Während Joeys Bekanntschaft mit den Ältesten hatte es nie eine Situation gegeben, in der sie den einen oder anderen von ihnen richtiggehend gesucht hatte. Sie kamen und fanden einen – oder auch nicht. Daran dachte sie, als sie den Abendrotwald durchstreifte, bis sie an den Rand der Ebene kam, auf der sie die jungen Einhörner zum ersten Mal beim Grasen und Wettlauf gesehen hatte. Dann hielt sie inne, mit beiden Händen hinterm Rücken, und in Gedanken sprach sie mit Indigo. *Hör mal, du magst mich nicht, ich weiß nicht, ob du irgend jemanden magst, abgesehen davon, daß du zu Abuelita wirklich nett warst. Also, es geht um Abuelita, und es geht um das Erblinden der Ältesten, und falls dir das etwas bedeutet... ich bin hier, und wir können reden. Okay? Okay, ich denke, das war's soweit.* Und dann, weil sie sich so unglaublich albern vorkam und übermütig obendrein, fügte sie hinzu: *Hier spricht Radio Freies Woodmont, wir beenden unser Programm*, und setzte sich hin und wartete.

Die Sonne stand hoch am Himmel, und die Musik Shei'rahs, die meist im Morgengrauen anschwoll und dann über den Vormittag hin langsam wieder abnahm, war zu einem süßen Flüstern verklungen, und da sah Joey ihn. Er kam in menschlicher Gestalt, zu ihrer großen Überraschung, und sie stand auf und ging der schmalen Gestalt entgegen, die ihr über die Ebene entgegentrottete.

Nur wenige der Ältesten spielten zwischen ihnen, und diese schenkten ihnen keinerlei Beachtung, als Joey und Indigo einander in die Augen sahen. Sie fand, daß er müde aussah und kaum noch schön.

»Danke, daß du gekommen bist«, sagte sie. Indigo gewährte ihr einen langen, kühlen Blick, und zum ersten Mal sah Joey die blaugrünen Flecken in seinen Augenwinkeln.

»Ja«, sagte er als Antwort auf ihren Blick. »Ja, und was ist damit? Was hast du mir zu sagen?«

Joey sprach sehr schnell, um sich selbst am Denken zu hindern. »Wir brauchen Gold. Abuelita und ich.« Indigos Miene änderte sich nicht im geringsten, doch er blinzelte, was Joey als persönlichen Triumph wertete. »Um eure Augen zu heilen, die Augen von euch allen, schmelzen wir das Gold ein und rühren damit eine Art Salbe. Abuelita weiß, wie man es macht. Nur müssen wir uns beeilen, weil sich die Grenze jeden Augenblick verschieben kann.«

Den ganzen Morgen über hatte sie sich für sein höhnisches Gelächter präpariert, da sie wußte, daß erst das, was danach kam, wichtig war. Doch wieder überraschte er sie, indem er nach kurzem Schweigen sagte: »Ich habe kein Gold. Frag deinen Papas, wenn du Gold willst.«

»Er würde es mir nicht geben«, sagte Joey. »Aber dir würde er noch den letzten Krümel Gold überlassen. Und er hat seit deinem ersten Besuch noch viel mehr angehäuft. Ich glaube, er hat alle seine Freunde und Bekannten angerufen.«

»Ich verstehe. Jetzt soll ich ihm also mein Horn verkaufen und dir das Gold geben.« Indigos neugierige Friedfertigkeit war für Joey beunruhigender, als sein Spott es hätte sein können. Zwei sehr junge Einhörner tanzten auf den Hinterbeinen vorüber, fochten wild mit ihren stummeligen Hörnern und schnaubten wie Dampfmaschinen. Plötzlich drehte der leise Wind und atmete den Duft von parfümierter Asche, den die gelben Shaya-Blumen im tiefsten Abendrotwald verströmten. Joey sagte: »Ja. Ja, das ist es. Darum bitte ich dich.«

Indigo schüttelte den Kopf, höhnisch oder verwundert oder beides. »Laß mich ganz sichergehen, worum du mich hier bittest. Du willst mich nackt, ohne Horn und ohne Gold in deine Welt gehen lassen, in der Gold alles ist, in der ich ohne Geld nichts bin, nichts, und es keinen interessiert, ob ich ein Ältester aus Shei'rah bin. Und wenn ich das mache, wird deine Großmutter ein Zaubermittel brauen, das den Meinen wieder zum Augenlicht verhilft. Habe ich dich richtig verstanden?« Da merkte Joey, daß er wirklich zitterte. Seine Stimme zersprang und überschlug sich bei den letzten Worten.

»Das habe ich doch schon gesagt«, wiederholte sie trotzig. »Und wenn du auf der anderen Seite der Grenze bist, in meiner Welt, verspreche ich, daß ich alles tun werde, um dir zu helfen. Mr. Papas auch. Du hättest Freunde, du wärst nicht wie die anderen, auf der Straße und alles. Das verspreche ich dir hoch und heilig.« Einen Augenblick später fügte sie hinzu: »Wahrscheinlich würde sowieso Gold übrigbleiben. Abuelita sagt, man braucht gar nicht soviel.«

Indigo lächelte sie an: nicht das schiefe, zynische Grinsen, das er so gut beherrschte, sondern ein Lächeln, das langsam aus weiter Ferne zu kommen schien und eigentlich nicht ihr galt. »Nein«, sagte er. »Ich werde nicht wie die anderen sein, die Shei'rah verlassen haben, denn ich werde nicht mal ein Horn haben, auf dem ich an Straßenecken spielen könnte. Ich müßte mich auf mein Köpfchen und meine Freunde verlassen, wie du sagst, und vielleicht genügt das, um sich über Wasser zu halten, vielleicht auch nicht. Und ich könnte nie mehr zurück.«

Joey versuchte zu sprechen, doch ihr Mund war zu trocken. Ganz leise fragte Indigo: »Warum sollte ich das tun?«

Sie hatte keine Ahnung, wie lange sie eigentlich seinen Blick erwiderte, ihr Kopf war vollkommen gedankenleer. Es schien eine große, hallende Weile lang zu dauern, bis sie auch nur Worte fand, die sie denken konnte. *Abuelita, das war's. Ich muß jetzt etwas wirklich Schlaues und Bedeutsames sagen, und du weißt, daß ich nur deine verschrobene Enkelin bin. Wenn ich den Ältesten helfen soll, solltest du jetzt lieber mir helfen, sonst können wir aufgeben und uns ein Zimmer in Silver Pines teilen.* Sie räusperte sich, unterdrückte das Bedürfnis zu gähnen, das sie stets überkam, wenn sie sich fürchtete.

»Weil es das ist, was du willst«, sagte sie. »Weil du meine Welt erheblich besser kennst, als ich eure je kennen werde, und du weißt, wie sie ist, und trotzdem möchtest du dort leben, gerade *weil* sie so ist. Ich glaube, du fürchtest dich vor ihr, und deshalb willst du immer wieder Mr. Papas dein Horn verkaufen und getraust dich dann doch nicht. Und du solltest dich auch fürchten, weil die Welt, in der ich lebe, wirklich, wirklich zum Fürchten ist. Aber deshalb willst du ja da sein, weil es nicht Shei'rah ist. Und ich glaube nicht, daß dir das Gold je wichtig war, nicht wirklich. Das Gold ist nur eine Ausrede, damit du dich nicht *rühren* mußt. Das mache ich andauernd.«

Doch ihre Stimme tönte in ihren eigenen Ohren so dünn und vertrocknet wie Heuschreckengesang im Winter, und ihre Argumente hörten sich ungefähr so jämmerlich an wie die Ausreden ihres Bruders Scott, wenn er den Müll nicht hinausgetragen hatte. Langsam verstummte sie, versiegten die Worte, verschwanden vor Indigos merkwürdig geduldigen Augen. Unvermittelt sagte sie: »Nein. Nein, vergiß es. Hör mir nicht zu, hör nicht zu, es tut mir leid, es ist alles falsch. Es tut mir wirklich leid.«

Nun war alles gesagt, und sie wollte gehen, doch Indigos Hand hielt sie an der Schulter fest. »Warte«, sagte er. »Was ist denn jetzt los? Nach dem ganzen Gerede, nach all dem Theater, soll ich dir jetzt plötzlich nicht mehr zuhören?« Er hob zwar seine Stimme nicht, aber sein fester Griff erinnerte Joey daran, wie die Criyaqui sie in ihren Baum hinaufgezerrt hatten.

Sie drehte sich, um ihn anzuschauen. Seine dunklen, blauen Augen sahen nun wieder so arrogant und fragend drein wie am Tag ihrer allerersten Begegnung, und sein Profil provozierte sie wie eh und je. Aber er war ihr so hingebungsvoll zugewandt wie noch nie, dachte sie. Sie zuckte mit den Schultern und sagte: »Du hast recht, ganz einfach. Also *ich* würde das Geschäft noch nicht mal für eine Wagenladung Gold machen, wie kann ich dann dich darum bitten? Vergiß es, wie gesagt, okay? Meine Abuelita ist schlau, ihr wird schon noch was anderes einfallen. Mach dir keine Sorgen.«

Sie wendete sich wieder ab, und von neuem drehte Indigo sie zu sich um. Er behielt seinen geschäftsmäßig kühlen Ton bei und sagte: »Ich könnte die Grenze jetzt überschreiten, nackt und mit leeren Händen, und ich würde es in deinem Woodmont oder sonstwo schaffen. Ohne daß ich die dämliche Hilfe von dir oder deinem Papas brauche. Das weißt du genau.«

»O Gott, ich hatte vergessen, wie widerspenstig du bist«, sagte Joey müde. »Jetzt wirst du's doch tun, nur weil ich dir das Gegenteil geraten habe. Weißt du was, Indigo? Geh doch zum Teufel. Mach, was du willst, ich jedenfalls muß zurück zu Abuelita. Schick mir 'ne Postkarte, okay?«

Sie war schon mitten im tiefsten Abendrotwald, legte sich immer noch ihre Entschuldigung für Abuelita zurecht – *ich hab's vermasselt, ich hab' das ganze Ding vermasselt, es ist mein Fehler, er hat mich so geärgert* –, als Indigo sie schließlich einholte. Joey blieb stehen und wartete schweigend, während er sie anstarrte, als hätte er sie nie zuvor gesehen. Sie erwiderte seinen finsteren Blick, und irgendwo tief in ihr drin machte sie etwas darauf aufmerksam, daß sie sich schon lange nicht mehr vor ihm gefürchtet hatte, und sie spürte fast so etwas wie Bedauern.

Indigo seufzte. »All die kleinen Musikläden«, sagte er. »All die kleinen Musikläden in eurer glänzenden, schrecklichen Welt, und ich muß ausgerechnet in den mit Josephine Rivera reingehen. Oh, warum wurdest du nicht in Shei'rah geboren, Josephine Rivera? Es hätte uns beiden viel Kummer erspart.«

John Papas nahm das Horn fast zögerlich entgegen, fragte Indigo: »Bist du sicher? Hör mal«, mit einem Nicken in Joeys Richtung, »*sie* erzählt mir von diesem Ding, was es bedeutet, also weiß ich ein klein bißchen darüber. Bist du sicher, daß du es tun willst?«

»Oh, ich wollte es schon immer«, erwiderte Indigo sanft. »Ich bin mir *sicher* – vielleicht nicht ganz – oder muß vielmehr so tun als ob. Ist das nicht die erste Lektion, die man in eurer Welt lernt?« Er schob das silberblaue Horn in John Papas' Hände. »Aber es wird Sie eine Menge kosten, wie ich Ihnen ja schon mal gesagt habe.«

Langsam hob John Papas das Horn an, als wäre es weit schwerer, als Joey gedacht hätte. »Nicht soviel, wie es dich kostet. Das weiß ich auch.« Er sah zwischen Indigo und Joey hin und her, dann seufzte und nickte er wieder. »Okay. Okay. Ich such' dir eine Kiste.«

Sie mußten auf den Mond warten, und so saßen die beiden unter freiem Himmel Seite an Seite vor einer Kaffeebude in der Nähe der Autobahn. Indigo bestellte *café mocho* – »Bisher meine größte Entdeckung in eurer Welt! Wer weiß, welche Wunder mich noch erwarten?« –, und Joey überlegte, wovor sie ihn wohl noch warnen könnte, vielleicht vor Taschendieben, Cholesterin, Tetanusspritzen, den Einwanderungsbehörden (»*La migra*, nennt Abuelita sie – denk dran, Indigo, du mußt dir *unbedingt* eine Green Card beschaffen!«) und der angegriffenen Ozonschicht. Als sie ihm schließlich gerade erklären wollte, was es mit den Zufallsmorden aus fahrenden Autos auf sich hatte, sagte er in seiner alten Gereiztheit: »Erzähl mir doch was Gutes über deine Welt, etwas, was du magst, etwas, was wir in Shei'rah nicht haben. Den Rest kann ich selbst rausfinden.«

Joey suchte lange nach einer Antwort. »Na, Katzen sind was Schönes. Wir haben keine, weil ich allergisch gegen sie bin, aber Katzen sind wirklich süß.« Sie hatte das Gefühl, daß ganz Shei'rah sie durch Indigos Augen beobachtete, voller Erwartung, was sie wohl antworten würde. »Dieser Mann«, sagte sie. »Der unter der Autobahn. Der sich um deine Freundin gekümmert hat, der ihr die Pizza brachte.« Indigo nickte. Joey sagte: »Du hattest recht, das zählt auch zu den guten Dingen. Das ist das Schönste, was wir haben.«

Der Himmel über Woodmont war so schwer und starr vor Smog, daß sie nicht hätte sagen können, ob der Mond inzwischen aufgegangen war, doch Indigo wußte es. Er trank noch einen *café mocho*, wischte sich den Mund ab, grinste wie einer, der gerade die Schule schwänzt, und streckte die Hand aus. Joey saß unbeweglich, konnte nicht mehr aufstehen. Indigo sagte: »Komm. Ich begleite dich.«

Sie ließ ihn auf der Verkehrsinsel zurück, die Arme voll goldener Münzen und Schmuck und kleiner, religiöser Figuren, die Augen so blind und verschwommen von Tränen, daß Indigo sie brüsk zur Grenze hin umdrehen und ihr erklären mußte: »Geh. Rette das Augenlicht der Meinigen, oder laß sie mit klebriger, nutzloser Salbe auf den Augen zurück. Es ist egal. Wir tun, was uns bestimmt ist.«

»Mr. Papas wird dir helfen«, plapperte Joey. »Und ich komme wieder und helfe dir. Es wird alles *gut* werden.«

»Es ist schon jetzt gut«, sagte Indigo sanft. »Was glaubst du, wieso die Ältesten überhaupt erblindet sind?«

»Was?« Joey versuchte, sich in seinem Griff umzudrehen. »Was hast du gesagt?«

»Frag deine Großmutter.« Für einen kleinen Augenblick lagen Indigos Hände freundlich auf ihren Schultern. »Sie weiß es, deine Abuelita. Hör auf zu zappeln, Fina Rivera, paß auf den Lastwagen auf... *Jetzt!*« Seine Hände berührten sie am Rükken, und mit Schwung stieß er sie über die Grenze und in die wilde Ruhe Shei'rahs hinein.

Es stellte sich heraus, daß es erheblich einfacher gewesen war, das Gold für Abuelitas Augensalbe aufzutreiben, als die dazugehörigen Kräuter zu finden. Diejenigen, an die Abuelita sich erinnerte, hatten in Shei'rah keine Entsprechung, und man konnte sie nur erraten. Andere waren zwar bekannt, aber entmutigend selten. Doch sie konnten auf die unbezahlbare Hilfe der Tirujai bauen, die überall hinkamen und alles über Pflanzen wußten. Und die Bach-Jallas des Landes entfalteten ihre ungeheuren Kenntnisse über sämtliche Pflanzen, die in fließendem Wasser wuchsen. Joeys Wahlschwester fragte sogar Indigos Fluß-Jalla-Bekannte um Rat. Wie sie diese jedoch dazu überredet hatte, das entscheidende Mittel für die Salbe – Tierfett – zu beschaffen, und woher es stammte, fragte Joey nicht, und sie wollte es auch nicht wissen. Abuelita blieb so sachlich wie immer, sagte nur: »Was glaubst du, wie wir es in Las Perlas gemacht haben? Sei nicht so empfindlich, Fina.« Zu diesem Zeitpunkt rührte sie die Mischung gerade mit ihren bloßen braunen Händen.

Schließlich schaffte Abuelita es auch, ein Feuer zu entfachen, das heiß genug war, Gold zu schmelzen. Sie überredete einfach einige erwachsene Shendi dazu, ihre winzigen, aber glühend heißen Flammen auf eine Mulde zu konzentrieren, die sie in den feuchten Sand eines Flußufers gegraben und mit Indigos Münzen angefüllt hatte. Als Joey wissen wollte, wie sie sich mit den kleinen Drachen verständigt hatte, erwiderte ihre Großmutter: »*Querida*, Liebling, ich schaffe es, daß die Nachtschwestern in Silver Pines mich verstehen. Ich kann sogar mit deinem Vater und deiner Mutter reden, meistens jedenfalls. Was ist dagegen schon ein Haufen kleiner Drachen?«

Ko hatte sich ins hoch gelegene Wüstenland aufgemacht und war mit einem tiefroten Flaschenkürbis wiedergekommen, der fast so groß war wie er selbst. Joey hatte ein solches Ding in dieser Gegend noch nie gesehen, doch Ko sagte, sie wüchsen dort reichlich, wenn man wußte, wo man suchen mußte. Sie brauchten einen ganzen Tag, um die knorpelige Schale zu durchbohren und das Ding auszuhöhlen, doch als sie es geschafft hatten, besaß Abuelita einen perfekten Kessel, in dem sie

Gold, Talg, zerkrümelte Blätter, Gras und verschiedene Extrakte aus Mark und Baumrinden nach Herzenslust verrühren konnte. Sie tat es in vollkommener Abgeschiedenheit – nicht einmal Joey durfte in ihre Nähe kommen –, pfiff ein altes Maultiertreiberlied durch die Zähne. Dann spuckte sie zweimal in den Kürbis hinein, sagte zwei oder drei Worte, die beileibe kein Spanisch waren, und rief Joey zu sich. »So«, sagte sie. »Jetzt finden wir heraus, ob wir in Las Perlas eine Ahnung hatten oder nicht. Vielleicht ja, vielleicht nein.«

Joey sah sie plötzlich besorgt an. »Vielleicht *nein*? Du hast doch gesagt, das Zeug hätte immer gewirkt.«

»Habe ich das gesagt?« Abuelita zupfte an ihrer Unterlippe und zuckte leicht mit den Schultern. »Na ja, ich bin eine alte Frau, die manchmal was vergißt. Ein kleines, unbedeutendes Dorf voll armer Bauern ... wir haben alle möglichen verrückten Medikamente ausprobiert. Außerdem war das in Las Perlas. Wir sind hier nicht in Las Perlas.«

»Indigo hat mir gesagt, daß es nicht gehen wird«, sagte Joey mit erstickter Stimme. »Aber er hat sein Horn trotzdem verkauft.«

Abuelita fuhr herum, umarmte und schüttelte und tadelte sie im selben Augenblick. »Fina, hör auf, dir dauernd um alles *Sorgen* zu machen! Wir tun unser Bestes, mehr wird von uns nicht verlangt. Ob es wirkt, ob es nicht wirkt, Indigo weiß, daß wir unser Bestes gegeben haben. Auch Gott weiß es. Komm schon, geh und hol alle her, es wird Zeit.«

Trotz Joeys ständiger Angst, daß sich die Grenze verschieben könnte und Abuelita und sie Tausende von Meilen fern der Heimat stranden würden, erloschen all ihre Gedanken, als sie der Ältesten Shei'rahs ansichtig wurde, die kamen, um geheilt zu werden. Abuelita hatte ihren Kürbiskessel über einem kleinen Feuer am Rande der prärieähnlichen Steppe aufgestellt, die auf zwei Seiten von fernen Wüstenbergen begrenzt wurde und auf der dritten von etwas, was die Satyrn als Sommersümpfe bezeichneten und wo sich viele von ihnen während der wärmsten Tage versammelten. Joey sah drei lange Reihen mit Einhörnern, die sich erstreckten, so weit ihr Auge reichte, bis ihre Umrisse im Dunst oder im Sonnenlicht verschwanden. Nicht einmal in der Ebene hatte sie jemals so viele Älteste auf einmal gesehen: Sie versuchte, sie zu zählen, verlor jedoch schon bald den Überblick. Sämtliche Farbtöne waren vertreten, vom Rot der Karkadanns bis hin zu einem Gold, das heller als Indigos Münzen war, oder dem schieren Mitternachtsblau einiger der Ki-Lins; und die würdevollen Ältesten verharrten ruhig, während Fohlen, die jünger als Touriq waren, um sie herum lärmten und tollten. Und die Musik Shei'rahs, klarer als Joey sie je gehört hatte, spiegelte und feierte ihre Vielfalt, schwoll von allen Seiten her an, als könnten weder Luft noch Erde sie länger bei sich behalten. *Wie Menschen, die für eine Grippeimpfung anstehen*, dachte sie und kicherte albern, und dann wandte sie sich ab und weinte.

Abuelita saß im Schneidersitz hinter ihrem Kessel, behandelte nach und nach die verkrusteten, geschwollenen Augen eines jeden Ältesten – jene wie Touriq, die noch sehen konnten, ebenso wie die seit langem schon Erblindeten –, grüßte alle, die sie mit Namen kannte (und Joey staunte, wie viele es waren, in welch kurzer Zeit), und wiederholte immer und immer wieder: »Warte ein paar Tage ... drei, vier ungefähr. Wenn sich nichts ändert, komm wieder, und wir versuchen es noch mal.« So saß sie den ganzen Tag, döste ein paar Stunden, in denen die Ältesten schweigend warteten, und war wieder bei der Sache, bevor der Mond untergegangen war. Als Joey zum zwanzigsten oder dreißigsten Mal anbot, sie abzulösen, erwiderte Abuelita wie stets: »Nein, *gracias*, danke, Fina. Besser, wenn ich es mache, ich weiß nicht, wieso. Mir geht es gut, keine Sorge. Yaradai, schüttel deinen Kopf nicht so, ich weiß, es brennt ein bißchen, laß es in Ruhe.«

Das Ganze dauerte zwei Tage und eine Nacht. Der Lord Sinti kam als letzter, und als er seinen hohen schwarzen Kopf in Abuelitas verschmierte, müde Hände legte, nickte sie ein, doch rieb sie ihm die Salbe dennoch in die Augen. Danach schlief sie mehr oder weniger zwei Tage lang durch, so daß sie die allerersten der Ältesten versäumte, die kamen, um ihr zu danken. Deren Augenlicht war nach wie vor trübe und unzuverlässig, flackerte noch immer an und aus, doch konnten sie tatsächlich sehen, nicht nur die Schatten, mit denen sie sich so lange hatten begnügen müssen; und selbst die Würdevollsten unter ihnen starrten die Welt und sich selbst mit den Augen gummibeiniger Fohlen an. Wie Joey an ihrem ersten Morgen in Shei'rah erwachte auch Abuelita umgeben von Einhörnern, und obwohl man sie wortlos ansah, setzte sie sich augenblicklich auf und sagte: »Es hat gewirkt, was? Ein *Hoch* auf Las Perlas!« Ohne Umschweife schlief sie wieder ein, doch die Ältesten warteten geduldig, rührten sich nicht, bis sie zum zweiten Mal erwachte.

******** Elftes Kapitel *********

Wie sie sich hätte denken können, war es Ko, der an jenem Abend zu ihnen kam, als die Grenze sich schließlich verschob. Joey wachte von seinem Geruch auf, ranzig und beruhigend wie eh und je, und setzte sich eilig auf, wollte Abuelita von ihrem Blätterbett hochscheuchen. Doch Abuelita war bereits auf den Beinen, spähte in der Dunkelheit nach dem Baumstamm, in dem die Shendi gewesen waren, als sie sich hingelegt hatten. Die Luft auf Joeys Haut fühlte sich heiß und knisternd an. Ein bitterer, stürmischer Geschmack lag darin. Ko sagte: »Es wird Zeit zu gehen, Tochter. Mein Bart weiß es.«

Joey legte die Arme um ihn. Sie sagte: »Ich werde dich niemals wiedersehen. Nie mehr.«

»Ich habe an meinem hundertsten Geburtstag aufgehört, *niemals* zu sagen«, antwortete der Satyr. »Shei'rah wird nicht verschwinden, ebensowenig wie der Mond, und außerdem wird die Grenze für dich und deine Großmutter sicher nicht geschlossen. Du wirst sie wiederfinden, irgendwo in eurer Welt... vielleicht schon eher, als du denkst. Wir werden warten.« Sanft drückte er Joey an seine übelriechende Brust.

Abuelita sagte: »Fina, sie sind fort. Diese Drachendinger.«

Joey und Ko fuhren gemeinsam herum und rannten zu dem Baumstamm. Dort war von den Shendi keine Spur mehr zu sehen. Selbst ihr seltsamer Kupfergeruch schien sich verflüchtigt zu haben. Da packte die Panik Joey bei der Kehle. »Die Grenze! Ich weiß nicht, wo die Grenze ist! Ko, was soll ich tun, was mach' ich jetzt?« Der Halbmond war hinter den Bäumen kaum zu sehen.

»Ruhig«, sagte Ko, wandte sich hilflos hierhin und dorthin. »Tochter, bleib ruhig.« Abuelita setzte sich unter einen Baum und begann, sich in aller Seelenruhe das Haar zu kämmen.

Joey packte Ko bei den Schultern und schüttelte ihn vor Entsetzen heftig. »Ko, wir werden auf der anderen Seite der Welt gefangen sein! Wie soll ich Abuelita jemals nach Hause bekommen? Ko, *bitte*, ich muß sie nach Hause bringen!«

Leise sagte Abuelita: »Nein, das mußt du nicht, Fina.« Joey und der Satyr wandten sich zu ihr, die dort im Dunkeln lächelnd unter dem Baum saß, um und starrten sie an. »Fina, ich habe beschlossen, daß ich nicht mitkomme.«

Joey sagte: *»Was?«* Kos gelbe Schlitzaugen rundeten sich vor Staunen. Joey flüsterte: »Abuelita, was redest du? Wir müssen nach Hause.«

»Du mußt, ja«, gab ihre Großmutter gelassen zurück. »Du hast deine Familie, deine Schule fängt an, dein ganzes Leben, alles wartet da drüben auf dich. Und Indigo, du mußt Indigo suchen. Aber mich erwartet nichts, nur Silver Pines und der Tod. Nein, es gefällt mir hier viel besser.«

Während Joey sie anglotzte, folgte einem bedrohlichen Knacken in den Büschen augenblicklich Touriqs triumphierender Aufschrei. »Oh, *da* bist du!« Das Einhornfohlen kam in die kleine Schlucht galoppiert und lief direkt auf Joey zu, stieß sie mit seinem Horn, als es sich fest in seinen Lieblingsplatz unter ihren Arm schmiegte. »Wieso bist du hier?« wollte Touriq wissen. »Die Shendi schlafen alle oben beim Dreimondteich, in dem die Karkadanns baden. Was machst du hier unten?«

Die folgenden Augenblicke blieben in Joeys Gedächtnis stets verschwommen. Sie erinnerte sich daran, daß sie in den Blättern nach ihrem Rucksack und Abuelitas wenigen Habseligkeiten gesucht hatte, und daß Ko wütend seinen Bart beschimpfte, weil dem die Flucht der Shendi entgangen war. »Ich hätte es *wissen* müssen, daß sie bei Nacht umziehen! Je näher die Verschiebung, desto unruhiger und wandelbarer werden sie.« Dann – ohne irgendeinen Übergang – saß sie gemeinsam mit Abuelita auf Touriqs Rücken, der bergauf durch dorniges, stinkendes Gebüsch stürmte, während Ko an seiner Seite blieb und mit seinen kurzen Ziegenbeinen riesige Sprünge machte. Joey rief Abuelita manches zu, doch ihre Großmutter zuckte nur mit den Achseln, deutete auf ihre Ohren und lächelte freundlich.

Joey hatte den Dreimondteich bisher nur aus der Ferne gesehen, und zwar wegen ihres anhaltenden Unbehagens in Gesellschaft der Karkadanns. Der in Steine gebettete Teich in den Bergen schien für derart große Wesen viel zu klein zu sein, doch planschten und brüllten stets drei oder vier von ihnen in seinem grünen Wasser. In dieser Nacht jedoch lag der Tümpel leer und fahl im letzten Licht des untergehenden Mondes. Die Shendi waren nirgendwo zu sehen.

»Sie sind hier, Tochter«, sagte Ko. »Mein Bart wird mich nicht noch mal im Stich lassen.« Joey rutschte von Touriq herunter und half ihrer Großmutter beim Absteigen. Sie standen da und hielten sich bei den Händen. Joey sagte: »Abuelita, das ist verrückt. Was um aller Welt soll ich meinen Eltern erzählen?«

Abuelita wedelte lässig mit einer Hand. »Sag ihnen, ich wäre nach Las Perlas zurückgegangen. Seit Jahren habe ich ihnen damit gedroht.« Plötzlich war ihr Lächeln nicht mehr alt und gütig, sondern so jugendlich verschmitzt, daß Joeys Herz ihr direkt aus der Brust entgegenfliegen wollte. »Und weißt du was, Fina? Es stimmt sogar fast.«

»Da ist die Grenze«, verkündete Touriq. »Ich hab' es doch *gesagt*!«

Mitten auf dem Dreimondteich bildete sich zitternd ein Vorhang pulsierender Farbe, wandelte das Wasser zu einem funkelnden Tumult von Monden. Joey gab sich Mühe, nicht hinzusehen. Verzweifelt hielt sie Abuelita fest, sagte: »Ich will dich hier nicht zurücklassen. Du wirst mir fehlen. Werde ich dir denn nicht fehlen? Ich und ... und alle?«

»Du wirst mir fehlen, Fina«, sagte Abuelita. »So wie mir dein Großvater fehlt. Aber du wirst hierher zurückkommen und mich besuchen, irgendwie, genau wie sonntags in Silver Pines, das kann er nicht. Der Rest ...«, sie streckte eine Hand aus, mit der Handfläche nach unten, und wackelte zweiflerisch damit in der Luft herum. »Der Rest nicht so sehr.« Sie schloß Joey einmal in die Arme, kurz nur, und trat dann zurück, deutete auf die Grenze. »Geh, geh, *du* wirst deinen Bus verpassen. Oh«, und plötzlich hielt sie Joeys Handgelenk ganz fest, »sag Indigo ... ach, bestell ihm einfach liebe Grüße.«

»Indigo!« Noch einmal griff Joey nach Abuelita. »Indigo hat gesagt, ich soll dich fragen, wieso die Ältesten erblinden, aber ich hätte es fast vergessen. Er sagt, du weißt es.«

»*Ay*, dieser Junge.« Abuelita schüttelte den Kopf, lachte ein wenig. »Es lag daran, daß er versucht hat, sein Horn gegen Geld zu verkaufen. Das darf er nicht, so sind sie nicht, so ist dieses Land nicht. Alles gerät durcheinander, löst sich auf, *comprendes*, verstehst du, Fina?«

»Aber er hat es doch verkauft«, rief Joey. »Er ist der einzige, der einzige Älteste, der je sein Horn verkauft ...«

»Aber nicht aus *Eigennutz.*« Im Licht der Grenze schien das Gesicht ihrer Großmutter bedeutungsvoll zu pulsieren. »Es ist so, wie ich es dir gesagt habe. Der Wert liegt im Motiv. Geh jetzt, beeil dich. Ich liebe dich, Fina.«

Die Grenze taumelte und tanzte über dem Dreimondteich. Joey sah ins Wasser, dann zu Touriq, der sie stolz aufforderte: »Auf meinen Rücken.« Ko stand schweigend bereit, um ihr hinaufzuhelfen. Joey beugte sich herab, um ihn zu umarmen, konnte selbst nichts mehr sagen. Der Satyr flüsterte: »Ich hatte doch recht, dich *Tochter* zu nennen, oder?« Joey konnte nur nicken.

Touriq watete in den Teich hinaus, hob die Beine wie ein Paradepferd, bis ihm das Wasser bis zu den Sprunggelenken und Joeys Schuhen reichte. Sie beugte sich über seinen Hals, als sie sich der Grenze näherten und erklärte ihm immer und immer wieder: »Das ist nicht unser Lebewohl, ist es nicht, ich verspreche es, Touriq. Ich werde euch wiederfinden, und da ist es ganz egal, wohin sich die verdammte Grenze verschiebt. Ich werde Shei'rah wiederfinden. Ganz bestimmt.«

»Oh, *das* weiß ich«, antwortete das Einhornfohlen unbeschwert. »Ich wäre bestimmt nicht gekommen, wenn ich glauben würde, daß du uns tatsächlich verläßt.« Sein Horn färbte sich rot und grün und violett im Schimmer der Grenze.

Der Himmel war inzwischen von Licht gerötet, die Dunkelheit färbte sich mancherorts silbern ein und verriet die ungeduldige Dämmerung darunter. Joey schien es, als sähe sie Dutzende von halbverborgenen Einhörnern, die sie aus den Bäumen jenseits des Dreimondteiches beobachteten – *sie sehen mich* –, wohin auch immer sie den Kopf wenden mochte. Der

Schatten von Prinzessin Lisha neigte grüßend sein Horn, und ihr riesiger roter Begleiter tat es ihr gleich, die Stimme der Lady Fireez schwebte sanft durch ihre Gedanken und murmelte: »Ich werde für deine Großmutter sorgen, wie du für meinen Sohn gesorgt hast. Paß auf, wohin du gehst, sterbliches Kind.«

Den schwarzen Lord Sinti konnte sie nirgends sehen, doch spürte sie seine Stimme deutlicher als alle anderen. »Sag Indigo, daß wir verstehen, was er getan hat. Zwar mag seine große Sehnsucht, ganz in eure Welt zu gehören, uns die Erblindung gebracht haben, doch wurden wir durch sein Opfer wieder befreit, wie vielleicht auch er selbst. Wir werden es nicht vergessen. Sag ihm das, Josephine Angelina Rivera.«

Als sie an die Grenze kamen, mußte Touriq fast schon schwimmen, und Joey auf seinem Rücken war durchweicht bis über die Hüften und zitterte in der kalten Morgendämmerung. Die Grenze ragte über ihnen auf, weit mächtiger und wilder als das weich schimmernde Leuchten, das Joey fast schon als gegeben angesehen hatte. Sie gab ein lautes, hohles Geräusch von sich, wie heißes Fett in einer Pfanne.

»Tja«, sagte Joey. Sie streichelte Touriqs Hals, machte sich grimmig bereit, ins Wasser zu gleiten und die letzten paar Meter zu strampeln. Doch das Einhornfohlen drehte heftig den Kopf, hielt sie mit seinem Horn auf. Gleichzeitig sprach Sinti zum letzten Mal zu ihr. »Versuch nicht zu schwimmen … deine Kleider würden dich in die Tiefe ziehen. Stell dich auf Touriqs Rücken und spring durch die Grenze. Tu, was ich dir sage.«

Joey zögerte, dann trat sie ihre Schuhe von den Füßen und richtete sich ganz vorsichtig auf, breitete die Arme aus, um das Gleichgewicht zu finden. Plötzlich sagte Touriq: »Vielleicht komme ich zu dir in deine Welt, wenn ich groß bin. Es könnte sein, daß du eines Tages aufblickst, und da stehe ich dann.«

»Nein!« sagte Joey. Die Heftigkeit ihrer Antwort ließ sie fast von seinem Rücken fallen. »Nein, Touriq, tu das *niemals*! Du bleibst, wo du bist, versprich mir das! Versprich es mir hier und jetzt.«

Touriq murmelte etwas, das vielleicht oder vielleicht auch nicht eine Zustimmung sein mochte. »Dann geh jetzt. Stütz dich mit den Füßen ab und spring so weit du kannst. Ich werde dir helfen.« Langsam senkte er den Kopf. »Wir müssen gemeinsam zählen ... *eins, zwei* ...«

Bei *drei* richtete sich sein Rücken unter Joeys Füßen wie eine Woge auf, und sie ging leicht in die Hocke, um zu springen, direkt in den lodernden, zischenden Mahlstrom von Farben ... und im Sprung fühlte sie, wie die Verschiebung begann. Augenblicklich wurde die Grenze zu Rauch, Grau wirbelte in langsameres Grau hinein, und Joey taumelte hindurch, flog hierhin und dorthin, ziellos wie ein Kinderspielzeug in der Badewanne, verlor alles Zeitgefühl, auch das Gefühl dafür, ob sie durch den endlosen Rauch fiel oder aufstieg. Sie streckte die Hände aus, fand ihre Beine und zog sie an sich, legte ihre Arme fest um sie, machte sich zu einem kleinen Ball, brachte nur einen einzigen zusammenhängenden Gedanken zustande: *Was passiert, wenn ich wieder auf der Autobahn lande?* Sie schloß die Augen, erinnerte sich verzweifelt an Kos geliebten Gestank ...

... und prallte auf und rollte zwischen die rostigen Zapfsäulen einer verlassenen Tankstelle. Das gesamte Viertel war über mehrere Blocks hinweg umzäunt, es wartete darauf, dem Erdboden gleichgemacht und neu bebaut zu werden. Joey sah überall schwere Maschinen stehen, doch nirgendwo Leute. Die Nachmittagssonne stand tief, und es lag ein ferner, kalter Wohlgeruch in der Luft, der eine solche Einsamkeit auf Joey niederstürzen ließ, daß sie auf dem Randstein saß und mit dem Kopf auf ihren feuchten Knien weinte. Nach einiger Zeit stand sie auf und versuchte, etwas von dem Wasser aus dem Dreimondteich aus ihren Jeans zu wringen, sah langsam in die Runde, um sich zu orientieren.

Okay. Okay. Alles ist wie immer, ich war bei Abuelita in Silver Pines, und ich bin gerade auf dem Heimweg. Okay. Ich geh' nach Hause.

Doch blieb sie noch eine Weile stehen, wo sie war, blickte vage in die leeren, halbzerstörten Straßen, ohne sie wahrzunehmen. Nicht die leiseste Andeutung der Grenze war zu sehen, und sie konnte auch keinen einzigen kessen Ton der Musik Shei'rahs hören, so konzentriert sie auch lauschen mochte. *Aber vielleicht habe ich sie nie wirklich gehört. Vielleicht habe ich sie nur in meinem Inneren gespürt, so wie die Stimmen der Ältesten. Das werde ich nie mehr erfahren.* Abrupt wandte sie sich um und ging.

Doch ging sie nicht sofort nach Hause. Abends fand sie sich in Papas' Musikladen ein, saß an John Papas' Schreibtisch und trug den alten Bademantel seines Freundes, Mr. Provotakis, während ihre Jeans vor einem kleinen Ofen dampften. John Papas stellte abwechselnd Fragen, schenkte ihr noch etwas Kaffee ein und erinnerte sie daran, daß sie ihre Eltern anrufen mußte, was sie bereits getan hatte. »Das Heim hat sich schon wegen Abuelita gemeldet. Ich habe ihnen erzählt, daß sie viel von Las Perlas geredet hat und jetzt vielleicht tatsächlich auf dem Weg dorthin ist. Das sieht ihr doch ähnlich, meiner Abuelita.« Ihre Stimme bebte ein wenig, und sie verbarg es hinter einem Schluck Kaffee.

»Glaubst du, sie haben es dir abgekauft?« fragte John Papas. Joey zuckte müde mit den Schultern. »Sie werden schon noch auf den Geschmack kommen. Kostet einen Haufen Geld, jemanden in einem Heim unterzubringen. Abends haben sie oft darüber gesprochen. Sie werden nicht besonders lange suchen, da bin ich mir sicher.«

Die beiden schwiegen eine Weile. Schließlich sagte John Papas: »Alles eingeschmolzen, ja? Und er hat es zugelassen? Was für ein Junge, dieser Indigo.« Er nickte zum silberblauen Horn hinüber, das dort an einen alten Posaunenkasten gelehnt stand. »Mir ist ganz komisch damit, vielleicht sollte ich es ihm zurückgeben. Was meinst du?«

»Er würde es nicht annehmen«, sagte Joey.

John Papas nickte. »Na, ich werde mir was einfallen lassen, wie ich mich mit ihm versöhnen kann, falls es irgendwie geht. Ist er denn noch in der Nähe?«

»Er mußte zurückbleiben, als Shei'rah ... als Shei'rah sich verschoben hat.« *Muß mich daran gewöhnen, es zu sagen, es zu denken, das muß ich, unbedingt. Auch Indigo muß es.*

»Was für ein Junge«, wiederholte John Papas. Wieder deutete er auf das Horn. »Spiel doch. Spiel dieses Shei'rah für einen alten Mann, der es nie sehen wird. Spiel, bitte!«

Joey schüttelte den Kopf. »Ich kann nicht. Es gehört ihm. Behalten Sie es, verkaufen Sie es, tun Sie damit, was Sie wollen, das ist in Ordnung, aber es gehört trotzdem ihm.« Dann stand sie auf, zögerte, setzte sich beinahe wieder hin, ging dann zum Klavier und setzte sich, stützte ihre Hände auf die Tastatur. Der Notenständer war mit Blättern bedeckt, die sie selbst vollgekritzelt hatte, doch sah sie diese nicht mal an.

Eine lange, schreckliche Weile sang nichts in ihr.

Es ist weg. Verloren mit Shei'rah, die Musik und Abuelita und alle ... einfach alle weg. Nie geschehen. Nichts davon. Dann, wie aus eigenem Impuls, zuckte ihre rechte Hand zu einem plötzlichen Dreitonhagel, und ihre linke Hand folgte diesem mit der langen, langsam schwellenden Pracht eines Mondaufgangs in Shei'rah. Von irgendwoher sagte John Papas: *»Hah!«* und sagte: »Das!« und sagte noch etwas auf griechisch. Joey schob die Ärmel von Mr. Provotakis' Bademantel hoch.

Die Musik Shei'rahs flatterte unter ihren Händen auf, hieß sie willkommen. In dem kleinen Laden klang das Klavier wie ein ganzes Orchester, schmückte jubilierend Klänge aus, die auf der anderen Seite der Grenze geboren waren und aus Joey hervorsprudelten, derart mitreißend aus ihr aufwallten, daß sie weder nachdenken noch sie unterdrücken konnte. Sie schloß die Augen, während sie spielte, und sah Ko nicht nur, sondern roch ihn auch, ebenso wie die Javadur-Früchte, die er ihr gebracht hatte, und den Waldboden, weich von blauen Blättern. Wieder spazierte sie mit Prinzessin Lisha und klammerte sich an Touriqs Rücken, während er mit den anderen jungen Einhörnern um die Wette lief. Sie hörte das Lachen der Bach-Jalla ebenso wie das Plätschern ihrer Strömung und wie die Perytone mit den Zähnen klickten, wenn sie sich auf ihre Beute stürzten. Es war fast zuviel für sie, und beinahe hätte sie wieder aufgehört, doch dann erinnerten sich ihre Hände der Stille des Lord Sinti, der Ruhe eines Tages, den sie mit dem Beobachten der kleinen Drachen verbracht hatte, der rauhen Stimmen einer Bande Tirujai, die etwas Unanständiges sangen, der wolkigen Einsamkeit, in der sie durch den Abendrotwald gewandert war. Falls es nicht gänzlich die Musik der Ältesten war, so kam sie ihr doch wahrlich nahe, und als sie dann nicht weiterspielte, verbarg sie ihr Gesicht, halb lachend vor Verwunderung. »Oh, ich hatte es, ich hatte es *wirklich*! Vielleicht nicht richtig, nicht ganz richtig, aber trotzdem. Ich habe Shei'rah *gespielt*!«

John Papas nickte, grinste albernerweise immer breiter. »O ja, du hast was, allerdings, etwas Unvergleichliches. Keine Ahnung, wie es weitergeht – wir zeigen es ein paar Leuten, vielleicht spielt es jemand, nimmt es auf, vielleicht ja, vielleicht nein –, aber deine Sonate des Einhorns hast du für immer, meine Kleine. Die verlierst du nie. Die bleibt.« Einen Moment später fügte er hinzu: »Ich danke dir.«

Im Dunkel des Musikgeschäfts saßen sie da und lächelten einander an. Schließlich drehte sich John Papas um und ging mit schweren Schritten zum Schaufenster. »Ich muß schließen. Möchtest du was richtig Ekliges bei Provotakis essen?«

Joey zog ihre feuchten Jeans über. »Nein, danke, ich sollte jetzt lieber nach Hause gehen.« Sie sammelte ihren ramponierten Rucksack ein und gesellte sich zu ihm ans Fenster. »Es wird schon wieder viel zu früh dunkel. Ich hasse diese Jahreszeit.« Einen Moment später fügte sie hinzu: »Besonders wenn ich nicht mehr an diesem anderen Ort sein kann.«

John Papas legte ihr einen Arm um die Schulter. »Okay, Josephine Angelina Rivera. Okay, ja? Dieser Ort, dieses Land, es ist noch da, oder? Es ist ja nicht so, als würde es nicht mehr existieren ... es ist noch immer *irgendwo*, stimmt's? Okay, es hat sich verschoben, na und? Dann verschiebst du dich eben auch. Dann suchst du dieses andere Land eben überall, wo du bist, von jetzt an. Einhörner gibt es überall, sogar in Woodmont. Du weißt es, ich weiß es, vielleicht weiß es sonst niemand. Such sie, höre auf die Musik, höre auf Shei'rah. Wenn es noch irgendwo ist, dann wirst du es finden, wenn du es nur genug willst. Du hast Zeit.«

Joey rang sich ein Lächeln ab. »Möglich. Abuelita hat gesagt, ich würde es wiederfinden. Und ich habe es Touriq versprochen. Bis Montag.« Sie zog die Ladentür auf und trat hinaus.

John Papas rief ihr nach, deutete auf ihre nackten Füße. »Kommst du denn so zurecht? Hier, ich geb' dir was, nimm dir ein Taxi.«

Joey lachte. »Nein, mir ist nach Laufen zumute. Ist einfach so.«

»Sie werden es merken«, sagte John Papas. »Vielleicht nicht deine Eltern, aber dein Bruder ganz sicher. Was willst du sagen, wo du deine Schuhe verloren hast?«

»Ich weiß nicht«, sagte Joey. »Darum mache ich mir später Gedanken. Im Moment halte ich eher die Augen nach einem hageren Jungen mit wirklich schönen Augen offen, der sich für was Besseres hält. Er muß hier irgendwo sein.« Vorsichtig zog sie die Tür ins Schloß und machte sich auf den Heimweg.

Danksagung

Ohne Janet Berliner würde es *Die Sonate des Einhorns* nicht geben.

Ohne Stephen Roxburgh wäre sie nicht das, was sie ist.

Janet Berliner hat *Die Sonate des Einhorns* nicht geschrieben, aber das ist so ziemlich das einzige, was sie nicht getan hat, von Anfang an und auch schon davor. Ohne sie wäre mir diese Geschichte nie eingefallen: Es war Janet, die aus heiterem Himmel anrief, es war Janet, die den ganzen unglaublichen Vorschlag machte und mich innerhalb einer Woche in ein Flugzeug Richtung Atlanta und Turner Publishing setzte.

Das macht sie immer so.

Es war Janet, die die Handlung der Geschichte mit mir ausheckte, es war Janet – gemeinsam mit ihrem Tourmanager, ihrer Rhythmusgruppe, dem legendären »Cowboy Bob« Fleck –, die immer nur ein Ferngespräch entfernt war, wenn ich Hilfe oder auf mich zugeschnittene Anregungen brauchte, weil die Geschichte unerwarteterweise eine Rolle rückwärts machte oder eine Haarnadelkurve nahm, wie alle Geschichten es tun. Selbst als die Erzählung abgehoben hatte und von alleine flog, war Janet unbeirrt da und hielt den Kontakt zur Erde.

Sie verbindet mindestens zwei Dichterseelen mit dem ernsthaften Pragmatismus eines Nebraska-Farmers.

Besser kann man nicht sein.

Keine Janet Berliner, keine *Sonate des Einhorns*. Ganz einfach. Nur damit das klar ist.

Stephen Roxburgh ist ein absoluter Anachronismus, ein Exemplar jener altmodischen Gattung von Lektor, die ich in meiner Jugend glücklicherweise noch kennenlernen durfte. Damals wußte ich sie nicht recht zu schätzen, diese geduldigen, starrsinnigen, enervierenden Seelen, denen soviel an Worten und Gedanken und imaginären Menschen gelegen ist, daß sie die ganze Nacht darüber streiten können. Diese Leute, für die Bücher weder »Produkte« noch »Eigentum« sind, sondern lebendige, individuelle Schöpfungen, deren Substanz entscheidend ist. Mit Stephen bin ich zum ersten Mal seit langem wieder einem von diesem Schlag begegnet. Ich hoffe, er weiß, wie dankbar ich ihm bin.